莎士比亚全集·中文本（典藏版）
William Shakespeare: Complete Works

［英］威廉·莎士比亚（William Shakespeare）著

辜正坤 主编／刘昊 译

泰尔亲王佩力克里斯

Pericles, Prince of Tyre

外语教学与研究出版社
北京

京权图字：01-2016-5016

图书在版编目 (CIP) 数据

泰尔亲王佩力克里斯／（英）威廉·莎士比亚（William Shakespeare）著；刘昊译. 北京：外语教学与研究出版社，2024. 6. -- (莎士比亚全集／辜正坤主编).
ISBN 978-7-5213-5355-6

Ⅰ. I561.33

中国国家版本馆 CIP 数据核字第 2024BW8965 号

泰尔亲王佩力克里斯

TAI'ER QINWANG PEILIKELISI

出 版 人　王　芳
项目负责　邢印姝　郭芮萱
责任编辑　李　鑫
责任校对　李旭洁
封面设计　张　潇
出版发行　外语教学与研究出版社
社　　址　北京市西三环北路 19 号（100089）
网　　址　https://www.fltrp.com
印　　刷　三河市紫恒印装有限公司
开　　本　710×1000　1/16
印　　张　9
字　　数　144 千字
版　　次　2024 年 6 月第 1 版
印　　次　2024 年 6 月第 1 次印刷
书　　号　ISBN 978-7-5213-5355-6
定　　价　68.00 元

如有图书采购需求，图书内容或印刷装订等问题，侵权、盗版书籍等线索，请拨打以下电话或关注官方服务号：
客服电话：400 898 7008
官方服务号：微信搜索并关注公众号"外研社官方服务号"
外研社购书网址：https://fltrp.tmall.com

物料号：353550001

出版说明

　　1623 年，莎士比亚的演员同僚们倾注心血结集出版了历史上第一部《莎士比亚全集》——著名的第一对开本，这是三百多年来许多导演和演员最为钟爱的莎士比亚文本。2007 年，由英国皇家莎士比亚剧团（Royal Shakespeare Company）推出的《莎士比亚全集》，则是对第一对开本首次全面的修订。

　　本套《莎士比亚全集》新汉译本，正是依据当今莎学界最负声望的皇家版《莎士比亚全集》翻译而成。译本的凡例说明如下：

　　一、**文体**：剧文有诗体和散体之分。未及最右行末即转行的为诗体。文字连排、直至最右行末转行的，则为散体。

　　二、**舞台提示**：

　　1）角色的上场与下场及其他舞台提示以仿宋体排出，穿插于剧文中的舞台提示以圆括号进行标注，如：（对亨利王子）。

　　2）舞台提示中的特殊符号。译本所依据的皇家版《莎士比亚全集》的编辑者对舞台提示中的不确定情形以特殊符号予以标注，译本亦保留了这些符号：如（旁白？）表示某行剧文既可作为旁白，亦可当作对话；又如某个舞台活动置于箭头 ↓↓ 之间，表示它可发生在一场戏中的多个不同时刻。

　　三、**脚注**：脚注中除标注有"译者附注"字样的，均译自或改编自皇家版《莎士比亚全集》注释。脚注多为对剧文中背景知识及专名的解释，以使读者更好地理解剧情；亦包含部分与英文原文相关的脚注，以使读者在品味译者的佳文时，亦体验到英文原文的精妙。

四、文本：译本以第一对开本为蓝本，部分剧目中四开本与之明显相异的段落亦有译出，附于正文之后，供读者参考。

此《莎士比亚全集》新汉译本历经策划、翻译、编辑加工和印装等工序，各个环节的参与者均竭尽全力，力求完美，但由于水平、精力所限，难免有所错漏，敬请广大读者赐教指正。

外语教学与研究出版社
综合出版事业部

莎士比亚诗体重译集序

辜正坤

他非一代骚人，实属万古千秋。

这是英国大作家本·琼森（Ben Jonson）在第一部《莎士比亚全集》（*Mr. William Shakespeares Comedies, Histories, & Tragedies*, 1623）扉页上题诗中的诗行。三百多年来，莎士比亚在全球逐步成为一个家喻户晓的名字，似乎与这句预言在在呼应。但这并非偶然言中，有许多因素可以解释莎士比亚这一巨大的文化现象产生的必然性。最关键的，至少有下面几点。

首先，其作品内容具有惊人的多样性。世界上很难有第二个作家像莎士比亚这样能够驾驭如此广阔的题材。他的作品内容几乎无所不包，称得上英国社会的百科全书。帝王将相、走卒凡夫、才子佳人、恶棍屠夫……一切社会阶层都展现于他的笔底。从海上到陆地，从宫廷到民间，从国际到国内，从灵界到凡尘……笔锋所指，无处不至。悲剧、喜剧、历史剧、传奇剧、叙事诗、抒情诗……都成为他显示天才的文学样式。从哲理的韵味到浪漫的爱情，从盘根错节的叙述到一唱三叹的诗思，波涛汹涌的情怀，妙夺天工的笔触，凡开卷展读者，无不为之拊掌称绝。即使只从莎士比亚使用过的海量英语词汇来看，也令人产生仰之弥高的感觉。德国语言学家马克斯·缪勒（Max Müller）原以为莎士比亚使用过的词汇最多为 15,000 个，事后证明这当然是小看了语言大师的词汇储藏量。美国教授爱德华·霍尔登（Edward Holden）经过一番考察后，认为至少达 24,000 个。可是他哪里知道，这依然是一种低估。有学者甚至声称用电脑检索出莎士比亚用的词汇多达 43,566 个！当然，这些数据还不是莎士比亚作品之所以产生空前影响的关键因素。

其次，但也许是更重要的原因：他的作品具有极高的娱乐性。文学作品的生命力在于它能寓教于乐。莎士比亚的作品不是枯燥的说教，而是能够给予读者或观众极大艺术享受的娱乐性创造物，往往具有明显的煽情效果，有意刺激人的欲望。这种艺术取向当然不是纯粹为了娱乐而娱乐，掩藏在背后的是当时西方人强有力的人本主义精神，即用以人为本的价值观来对抗欧洲上千年来以神为本的宗教价值观。重欲望、重娱乐的人本主义倾向明显对重神灵、重禁欲的神本主义产生了极大的挑战。当然，莎士比亚的人本主义与中国古人所主张的人本主义有很大的区别。要而言之，前者在相当大的程度上肯定了人的本能欲望或原始欲望的正当性，而后者则主要强调以人的仁爱为本规范人类社会秩序的高尚的道德要求。二者都具有娱乐效果，但前者具有纵欲性或开放性娱乐效果，后者则具有节欲性或适度自律性娱乐效果。换句话说，对于 16、17 世纪的西方人来说，莎士比亚的作品暗中契合了试图挣脱过分禁欲的宗教教义的约束而走向个性解放的千百万西方人的娱乐追求，因此，它会取得巨大成功是势所必然的。

第三，时势造英雄。人类其实从来不缺善于煽情的作手或视野宏阔的巨匠，缺的常常是时势和机遇。莎士比亚的时代恰恰是英国文艺复兴思潮达到鼎盛的时代。禁欲千年之久的欧洲社会如堤坝围裹的宏湖，表面上浪静风平，其底层却汹涌着决堤的纵欲性暗流。一旦湖堤洞开，飞涛大浪呼卷而下，浩浩汤汤，汇作长河，而莎士比亚恰好是河面上乘势而起的弄潮儿，其迎合西方人情趣的精湛表演，遂赢得两岸雷鸣般的喝彩声。时势不光涵盖社会发展的总趋势，也牵连着别的因素。比如说，文学或文化理论界、政治意识形态对莎士比亚作品理解、阐释的多样性与莎士比亚作品本身内容的多样性产生相辅相成的效果。"说不尽的莎士比亚"成了西方学术界的口头禅。西方的每一种意识形态理论，尤其是文学理论，要想获得有效性，都势必会将阐释莎士比亚的作品作为试金石。17 世纪初的人文主义，18 世纪的启蒙主义，19 世纪的浪漫主义，20世纪的现实主义或批判现实主义，都不同程度地、选择性地把莎士比亚作品作为阐释其理论特点的例证。也许 17 世纪的古典主义曾经阻遏过西方人对莎士比亚作品的过度热情，但是 19 世纪的浪漫主义流派却把莎士比亚作品推崇到无以复加的崇高地位，莎士比亚俨然成了西方文学的神灵。20 世纪以来，西方资本主义阵营和社会主义阵营可以说在意识形态的各个方面都互相对立，势同水火，可是在对待莎士比亚的问题上，居然有着惊人的共识与默契。不用说，社会主义阵营的立场与社会主义理论的创始人马克思（Karl Marx）、恩格斯（Friedrich Engels）个人的审美情趣息息相关。马克思一家都是莎士比亚的粉丝；马克思称莎士比亚为"人类最伟大的天才之一，人类文学奥林波斯山上的宙斯"！他号召作家们要更加莎士比亚化。恩格斯甚至指出："单是《快乐的温莎巧妇》[1]的第一幕就比全部德国文学包含着更多的生活气息。"不用说，这些话多多少少有某种程度的文学性夸张，但对莎士比亚的崇高地位来说，却无疑产生了极大的推动作用。

第四，1623 年版《莎士比亚全集》奠定莎士比亚崇拜传统。这个版本即眼前译本所依据的皇家版《莎士比亚全集》（*The RSC William Shakespeare: Complete Works*, 2007）的主要内容。该版本产生于莎士比亚去世的第七年。莎士比亚的舞台同仁赫明奇（John Heminge）和康德尔（Henry Condell）整理出版了第一部莎士比亚戏剧集。当时的大学者、大

---

1 英文剧名为 The Merry Wives of Windsor，朱生豪先生译作《温莎的风流娘儿们》；重译本综合考虑剧情和英文书名，译作《快乐的温莎巧妇》。

作家本·琼森为之题诗，诗中写道："他非一代骚人，实属万古千秋。"这个调子奠定了莎士比亚偶像崇拜的传统。而这个传统一旦形成，后人就难以反抗。英国文学中的莎士比亚偶像崇拜传统已经形成了一种自我完善、自我调整、自我更新的机制。至少近两百年来，莎士比亚的文学成就已被宣传成世界文学的顶峰。

第五，现在署名"莎士比亚"的作品很可能不只是莎士比亚一个人的成果，而是凝聚了当时英国若干戏剧创作精英的团体努力。众多大作家的智慧浓缩在以"莎士比亚"为代号的作品集中，其成就的伟大性自然就获得了解释。当然，这最后一点只是莎士比亚研究界若干学者的研究性推测，远非定论。有的莎士比亚著作爱好者害怕一旦证明莎士比亚不是署名为"莎士比亚"的著作的作者，莎士比亚的著作便失去了价值，这完全是杞人忧天。道理很简单，人们即使证明了《红楼梦》的作者不是曹雪芹，或《三国演义》的作者不是罗贯中，也丝毫不影响这些作品的伟大价值。同理，人们即使证明了《莎士比亚全集》不是莎士比亚一个人创作的，也丝毫不会影响《莎士比亚全集》是世界文学中的伟大作品这个事实，反倒会更有力地证明这个事实，因为集体的智慧远胜于个人。

皇家版《莎士比亚全集》译本翻译总思路

横亘于前的这套新译本，是依据当今莎学界最负声望的皇家版《莎士比亚全集》进行翻译的，而皇家版又正是以本·琼森题过诗的 1623 年版《莎士比亚全集》为主要依据。

这套译本是在考察了中国现有的各种译本后，根据新的历史条件和新的翻译目的打造出来的。其总的翻译思路是本套译本主编会同外语教学与研究出版社的相关领导和责任编辑讨论的结果。总起来说，皇家版《莎士比亚全集》译本在翻译思路上主要遵循了以下几条：

1. 版本依据。如上所述，本版汉译本译文以英国皇家版《莎士比亚全集》为基本依据。但在翻译过程中，译者亦酌情参阅了其他版本，以增进对原作的理解。

2. 翻译内容包括：内页所含全部文字。例如作品介绍与评论、正文、注释等。

3. 注释处理问题。对于注释的处理：1）翻译时，如果正文译文已经将英文版某注释的基本含义较准确地表达出来了，则该注释即可取消；2）如果正文译文只是部分地将英文版对应注释的基本含义表达出来，则该注释可以视情况部分或全部保留；3）如果注释本身存疑，可以在保留原注的情况下，加入译者的新注。但是所加内容务必有理有据。

4. 翻译风格问题。对于风格的处理：1）在整体风格上，译文应该尽量逼肖原作整体风格，包括以诗体译诗体，以散体译散体；2）在具体的文字传输处理上，通常应该注重汉译本身的文字魅力，增强汉译本的可读性。不宜太白话，不宜太文言；文白用语，宜尽量自然得体。句子不要太绕，注意汉语自身表达的句法结构，尤其是其逻辑表达方式。意义的异化性不等于文字形式本身的异化性，因此要注意用汉语的归化性来传输、保留原作含义的异化性。朱生豪先生的译本语言流畅、可读性强，但可惜不是诗体，有违原作形式。当下译本是要在承传朱先生译本优点的基础上，根据新时代的读者审美趣味，取得新的进展。梁实秋先生等的译本，在达意的准确性上，比朱译有所进步，也是我们应该吸纳的优点。但是梁译文采不足，则须注意避其短。方平先生等的译本，也把莎士比亚翻译往前推进了一步，在进行大规模诗体翻译方面作出了宝贵的尝试，但是离真正的诗体尚有距离。此外，前此的所有译本对于莎士比亚原作的色情类用语都有程度不同的忽略，本套皇家版译本则尽力在此方面还原莎士比亚的本真状态（论述见后文）。其他还有一些译本，亦都应该受到我们的关注，处理原则类推。每种译本都有自己独特的东西。我们希望美的译文是这套译本的突出特点。

5. 借鉴他种汉译本问题。凡是我们曾经参考过的较好的译本，都在适当的地方加以注明，承认前辈译者的功绩。借鉴利用是完全必要的，但是要正大光明，避免暗中抄袭。

6. 具体翻译策略问题特别关键，下文将其单列进行陈述。

莎士比亚作品翻译领域大转折：真正的诗体译本

莎士比亚首先是一个诗人。莎士比亚的作品基本上都以诗体写成。因此，要想尽可能还原本真的莎士比亚，就必须将莎士比亚作品翻译成为诗体而不是散文，这在莎学界已经成为共识。但是紧接而来的问题是：什么叫诗体？或需要什么样的诗体？

按照我们的想法：1）所谓诗体，首先是措辞上的诗味必须尽可能浓郁；2）节奏上的诗味（包括分行）等要予以高度重视；3）结合中国人的审美习惯，剧文可以押韵，也可以不押韵。但不押韵的剧文首先要满足前两个要求。

本全集翻译原计划由笔者一个人来完成。但是，莎士比亚的创作具有惊人的多样性，其作品来源也明显具有莎士比亚时代若干其他作家与作品的痕迹，因此，完全由某一个译者翻译成一种风格，也许难免偏颇，难以和莎士比亚风格的多样性相呼应。所以，集众人的力量来完成大业，应该更加合理，更加具有可操作性。

具体说来，新时代提出了什么要求？简而言之，就是用真正的诗体翻译莎士比亚的诗体剧文。这个任务，是朱生豪先生无法完成的。朱先生说过，他在翻译莎士比亚作品时，"当然预备全部用散文译出，否则将要了我的命"。[1] 显然，朱先生也考虑过用诗体来翻译莎士比亚著作的问题，但是他的结论是：第一，靠单独一个人用诗体翻译《莎士比亚全集》是办不到的，会因此累死；第二，他用散文翻译也是不得已的办法，因为只有这样他才有可能在有生之年完成《莎士比亚全集》的翻译工作。

将《莎士比亚全集》翻译成诗体比翻译成散文体要难得多。难到什么程度呢？和朱生豪先生的翻译进度比较一下就知道了。朱先生翻译得最快的时候，一天可以翻译一万字。[2] 为什么会这么快？朱先生才华过人，这当然是一个因素，但关键因素是：他是用散文翻译的。用真正的诗体就不一样了。以笔者自己的体验，今日照样用散文翻译莎士比亚剧本，最快时也可达到每日一万字。这是因为今日的译者有比以前更完备的注释本和众多的前辈汉译本作参考，至少在理解原著时，要比朱先生当年省力得多，所以翻译速度上最高达到一万字是不难的。但是翻译成诗体就是另外一回事了。这比自己写诗还要难得多。写诗是自己随意发挥，译诗则必须按照别人的意思发挥，等于是戴着镣铐跳舞。笔者自己写诗，诗兴浓时，一天数百行都可以写得出来，但是翻译诗，一天只能是几十行，统计成字数，往往还不到一千字，最多只是朱生豪先生散文翻译速度的十分之一。梁实秋先生翻译《莎士比亚全集》用的也是散文，但是也花了 37 年，如果要翻译成真正的诗体，那么至少得 370 年！由此可见，真正的诗体《莎士比亚全集》汉译本的诞生，有多么艰难。此次笔者约稿的各位译者，都是用诗体翻译，并且都表示花费了大量的时间，

1　见朱生豪大约在 1936 年夏致宋清如信："今天下午，我试译了两页莎士比亚，还算顺利，不过恐怕终于不过是 Poor Stuff 而已。当然预备全部用散文译出，否则将要了我的命。"（《伉俪：朱生豪宋清如诗文选》下卷，中国青年出版社，2013 年，第 94 页）

2　朱生豪："今天因为提起了精神，却很兴奋，晚上译了六千字，今天一共译一万字。"（同上，第 101 页）

皇家版《莎士比亚全集》译本凝聚了诸位译者的多少努力，也就不言而喻了。

翻译诗体分辨：不是分了行就是真正的诗

主张将莎士比亚剧作翻译成诗体成了共识，但是什么才是诗体，却缺乏共识。在白话诗盛行的时代，许多人只是简单地认定分了行的文字就是诗这个概念。分行只是一个初级的现代诗要求，甚至不必是必然要求，因为有些称为诗的文字甚至连分行形式都没有。不过，在莎士比亚作品的翻译上，要让译文具有诗体的特征，首先是必定要分行的，因为莎士比亚原作本身就有严格的分行形式。这个不用多说。但是译文按莎士比亚的方式分了行，只是达到了一个初级的低标准。莎士比亚的剧文读起来像不像诗，还大有讲究。

卞之琳先生对此是颇有体会的。他的译本是分行式诗体，但是他自己也并不认为他译出的莎士比亚剧本就是真正的诗体译本。他说：读者阅读他的译本时，"如果……不感到是诗体，不妨就当散文读，就用散文标准来衡量"。[1]这是一个诚实的译者说出的诚实话。不过，卞先生很谦虚，他有许多剧文其实读起来还是称得上诗体的。原因是什么？原因是他注意到了笔者上文提到的两点：第一，诗的措辞；第二，诗的节奏。只不过他迫于某些客观原因，并没有自始至终侧重这方面的追求而已。

显然，一些译本翻译了莎士比亚的剧文，在行数上靠近莎士比亚原作，措辞也还流畅。这些是不是就是理想的诗体莎士比亚译本呢？笔者认为，这还不够。什么是诗，对于中国人来说有几千年的历史，我们不

1　卞之琳：《莎士比亚悲剧四种》，方志出版社，2007 年，第 4 页。

能脱离这个悠久的传统来讨论这个问题。为此，我们不得不重新提到一些基本概念：什么是诗？什么是诗歌翻译？

诗歌是语言艺术，诗歌翻译也就必须是语言艺术

讨论诗歌翻译必须从讨论诗歌开始。

诗主情。诗言志。诚然。但诗歌首先应该是一种精妙的语言艺术。同理，诗歌的翻译也就不得不首先表现为同类精妙的语言艺术。若译者的语言平庸而无光彩，与原作的语言艺术程度差距太远，那就最多只是原诗含义的注释性文字，算不得真正的诗歌翻译。

那么，何谓诗歌的语言艺术？

无他，修辞造句、音韵格律一整套规矩而已。无规矩不成方圆，无限制难成大师。奥运会上所有的技能比赛，无不按照特定的规矩来显示参赛者高妙的技能。德国诗人歌德（Johann Wolfgang von Goethe）《自然和艺术》（"Natur und Kunst"）一诗最末两行亦彰扬此理：

非限制难见作手，
唯规矩予人自由。[1]

艺术家的"自由"，得心应手之谓也。诗歌既为语言艺术，自然就有一整套相应的语言艺术规则。诗人应用这套规则时，一旦达到得心应手的程度，那就是达到了真正成熟的境界。当然，规矩并非一点都不可打破，但只有能够将规矩使用到随心所欲而不逾矩的程度的人，才真正有资格去创立新规矩，丰富旧规矩。创新是在承传旧规则长处的基础上来进行的，而不是完全推翻旧规则，肆意妄为。事实证明，在语言艺术上

---

1 In der Beschränkung zeigt sich erst der Meister, / Und das Gesetz nur kann uns Freiheit geben. 参见 http://www.business-it.nl/files/7d413a5dca62fc735a072b16fbf050b1-27.php.

凡无视积淀千年的诗歌语言规则，随心所欲地巧立名目、乱行胡来者，永不可能在诗歌语言艺术上取得大的成就，所以歌德认为：

> 若徒有放任习性，
>
> 则永难至境遨游。[1]

诗歌语言艺术如此需要规则，如此不可放任不羁，诗歌的翻译自然也同样需要相类似的要求。这个要求就是笔者前面提出的主张：若原诗是精妙的语言艺术，则理论上说来，译诗也应是同类精妙的语言艺术。

但是，"同类"绝非"同样"。因为，由于原作和译作使用的语言载体不一样，其各自产生的语言艺术规则和效果也就各有各的特点，大多不可同样复制、照搬。所以译作的最高目标，是尽可能在译入语的语言艺术领域达到程度大致相近的语言艺术效果。这种大致相近的艺术效果程度可叫作"最佳近似度"。它实际上也就是一种翻译标准，只不过针对不同的文类，最佳近似度究竟在哪些因素方面可最佳程度地（并不一定是最大程度地）取得近似效果，不是一成不变的，而是具有高度的灵活性。不同的文类，甚至针对不同的受众，我们都可以设定不同的最佳近似度。这点在拙著《中西诗比较鉴赏与翻译理论》（清华大学出版社，2010 年）的相关章节中有详细的厘定，此不赘。

话与诗的关系：话不是诗

古人的口语本来就是白话，与现在的人说的口语是白话一个道理。

---

1 Vergebens werden ungebundene Geister / Nach der Vollendung reiner Höhe streben. 参 见 http://www.cosmiq.de/qa/show/3454062/Vergebens-werden-ungebundne-Geister-Nach-der-Vollendung-reiner-Hoehe-streben-Was-ist-die-Bedeutung-dieser-2-Verse-Ich-komm-nicht-drauf/t.

正因为白话太俗，不够文雅，古人慢慢将白话进行改进，使它更加规范、更加准确，并且用语更加丰富多彩，于是文言产生。在文言的基础上，还有更文的文字现象，那就是诗歌，于是诗歌产生。所以就诗歌而言，文言味实际上就是一种特殊的诗味。文言有浅近的文言，也有佶屈聱牙的文言。中国传统诗歌绝大多数是浅近的文言，但绝非口语、白话。诗中有话的因素，自不待言，但话的因素往往正是诗试图抑制的成分。

文言和诗歌的产生是低俗的口语进化到高雅、准确层次的标志。文言和诗歌的进一步发展使得语言的艺术性愈益增强。最终，文言和诗歌完成了艺术性语言的结晶化定型。这标志着古代文学和文学语言的伟大进步。《诗经》、楚辞、唐诗、宋词、元明戏曲，以及从先秦、汉、唐、宋、元至明清的散文等，都是中国语言艺术逐步登峰造极的明证。

人们往往忘记：话不是诗，诗是话的升华。话据说至少有几十万年的历史，而诗却只有几千年的历史。白话通过漫长的岁月才升华成了诗。因此，从理论上说，白话诗不是最好的诗，而只是低层次的、初级的诗。当一行文字写得不像是话时，它也许更像诗。"太阳落下山去了"是话，硬说它是诗，也只是平庸的诗，人人可为。而同样含义的"白日依山尽"不像是话，却是真正的诗，非一般人可为，只有诗人才写得出。它的语言表达方式与一般人的通用白话脱离开来了，实现了与通用语的偏离（deviation from the norm）。这里的通用语指人们天天使用的白话。试想把唐诗宋词译成白话，还有多少诗味剩下来？

谢谢古代先辈们一代又一代、不屈不挠的努力，话终于进化成了诗。

但是，20世纪初一些激进的中国学者鼓荡起一场声势浩大的白话文运动。

客观说来，用白话文来书写、阅读自然科学和人文科学文献，例如哲学、政治学、伦理学、经济学等等文献，这都是**伟大的进步**。这个进步甚至可以上溯到八百多年前朱熹等大学者用白话体文章传输理学思想。对此笔者非常拥护，非常赞成。

但是约一百年前的白话诗运动却未免走向了极端，事实上是一种语言艺术方面的倒退行为。已经高度进化的诗词曲形式被强行要求返祖回归到三千多年前的类似白话的状态，已经高度语言艺术化了的诗被强行要求退化成话。艺术性相对较低的白话反倒成了正统，艺术性较高的诗反倒成了异端。其实，容许口语类白话诗和文言类诗并存，这才是正确的选择。但一些激进学者故意拔高白话地位，在诗歌创作领域搞成白话至上主义，这就走上了极端主义道路。

这个运动影响到诗歌翻译的结果是什么呢？结果是西方所有的大诗人，不论是古代的还是近代的，如荷马（Homer）、但丁（Dante）、莎士比亚、歌德、雨果（Victor Hugo）、普希金（Alexander Pushkin）……都莫名其妙地似乎用同一支笔写出了 20 世纪初才出现的味道几乎相同的白话文汉诗！

将产生这种极端性结果的原因再回推，我们会清楚地明白，当年的某些学者把文学艺术简单雷同于人文社会科学，误解了文学艺术，尤其是诗歌艺术的特殊性质，误以为诗就是话，混淆了诗与话的形式因素。

针对莎士比亚戏剧诗的翻译对策

由上可知，莎士比亚的剧文既然大多是格律诗，无论有韵无韵，它们都是诗，都有格律性。因此在汉译中，我们就有必要显示出它具有格律性，而这种格律性就是诗性。

问题在于，格律性是附着在语言形式上的；语言改变了，附着其上的格律性也就大多会消失。换句话说，格律大多不可复制或模仿，这就正如用钢琴弹不出二胡的效果，用古筝奏不出黑管的效果一样。但是，原作的内在旋律是可以模仿的，只是音色变了。原作的诗性是可以换个形式营造的，这就是利用汉语本身的语言特点营造出大略类似的语言艺术审美效果。

由于换了另外一种语言媒介，原作的语音美设计大多已经不能照搬、复制，甚至模拟了，那么我们就只好断然舍弃掉原作的许多语音美设计，而代之以译入语自身的语言艺术结构产生的语音美艺术设计。当然，原作的某些语音美设计还是可以尝试模拟保留的，但在通常的情况下，大多数的语音美已经不可能传输或复制了。

利用汉语本身的语音审美特点来营造莎士比亚诗歌的汉译语音审美效果，是莎士比亚作品翻译的一个有效途径。机械照搬原作的语音审美模式多半会失败，并且在大多数的场合下也没有必要。

具体说来，这就涉及翻译莎士比亚戏剧作品时该如何处理：1）节奏；2）韵律；3）措辞。笔者主张，在这三个方面，我们都可以适当借鉴利用中国古代词曲体的某些因素。戏剧剧文中的诗行一般都不宜多用单调的律诗和绝句体式。元明戏剧为什么没有采用前此盛行的五言或七言诗行而采用了长短错杂、众体皆备的词曲体？这是一种艺术形式发展的必然。元明曲体由于要更好更灵活地满足抒情、叙事、论理等诸多需要，故借用发展了词的形式，但不是纯粹的词，而是融入了民间语汇。词这种形式涵盖了一言、二言、三言、四言、五言、六言、七言、八言……乃至十多言的长短句式，因此利于表达变化莫测的情、事、理。从这个意义上看，莎士比亚剧文语言单位的参差不齐状态与中文词曲体句式的参差不齐状态正好有某种相互呼应的效果。

也许有人说，莎士比亚的剧文虽然是格律诗，但并不怎么押韵，因此汉诗翻译也就不必押韵。这个说法也有一定道理，但是道理并不充实。

首先，我们应该明白，既然莎士比亚的剧文是诗体，人们读到现今的散体译文或不押韵的分行译文却难以感受到其应有的诗歌风味，原因即在于其音乐性太弱。如果人们能够照搬莎士比亚素体诗所惯常用的音步效果及由此引起的措辞特点，当然更好。但事实上，原作的节奏效果是印欧语系语言本身的效果，换了一种语言，其效果就大多不能搬用了，所以我们只好利用汉语本身的优势来创造新的音乐美。这种音乐美很难说是原作的音乐美，但是它毕竟能够满足一点：即诗体剧文应该具有诗歌应有的音乐美这个起码要求。而汉译的押韵可以强化这种音乐美。

其次，莎士比亚的剧文不押韵是由诸多因素造成的。第一，属于印欧语系语言的英语在押韵方面存在先天的多音节不规则形式缺陷，导致押韵词汇范围相对较窄。所以对于英国诗人来说，很苦于押韵难工；莎士比亚的许多押韵体诗，例如十四行诗，在押韵方面都不很工整。其次，莎士比亚的剧文虽不押韵，却在节奏方面十分考究，这就弥补了音韵方面的不足。第三，莎士比亚的剧文几乎绝大多数是诗行，对于剧作者来说，每部长达两三千行的诗行行都要押韵，这是一个极大的挑战，很难完成。而一旦改用素体，剧作者便会轻松得多。但是，以上几点对于汉语译本则不是一个问题。汉语的词汇及语音构成方式决定了它天生就是一种有利于押韵的艺术性语言。汉语存在大量同韵字，押韵是一件很容易的事情。汉语的语音音调变化也比莎士比亚使用的英语的音调变化空间大一倍以上。汉语音调至少有四种（加上轻重变化可达六至八种），而英语的音调主要局限于轻重语调两种，所以存在于印欧语系文字诗歌中的频频押韵有时会产生的单调感，在汉语中会在很大程度上由于语调的多变而得到缓解。故汉语戏剧剧文在押韵方面有很大的潜在优势空间，实际上元明戏剧剧文频频押韵就是证明。

第三，莎士比亚的剧文虽然很多不押韵，但却具极强的节奏感。他惯用的格律多半是抑扬格五音步（iambic pentameter）诗行。如果我们在节奏方面难以传达原作的音美，或者可以通过韵律的音美来弥补节奏美的丧失，这种翻译对策谓之堤内损失堤外补，亦谓失之东隅，收之桑榆。我们的语言在某方面有缺陷，可以通过另一方面的优点来弥补。当然，笔者主张在一定程度上借鉴利用传统词曲的风味，却并不主张使用宋词、元曲式的严谨格律，而只是追求一种过分散文化和过分格律化之间的妥协状态。有韵但是不严格，要适当注意平仄，但不过多追求平仄效果及诗行的整齐与否；不必有太固定的建行形式，只是根据诗歌本身的内容和情绪赋予适当的节奏与韵式。在措辞上则保持与白话有一段距离，但是绝非佶屈聱牙的文言，而是趋近典雅、但普通读者也能读懂的语言。

最后，根据翻译标准多元互补论原理，由于莎士比亚作品在内容、形式及审美效应方面具有多样性，因此，只用一种类乎纯诗体译法来翻译所有的莎士比亚剧文，也是不完美的，因为单一的做法也许无形中堵塞了其他有益的审美趣味通道。因此，这套译本的译风虽然整体上强调诗化、诗味，但是在营造诗味的途径和程度上不是单一的。我们允许诗体译风的灵活性和创新性。多译者译法实际上也是在探索诗体译法的诸多可能性，这为我们将来进一步改进这套译本铺垫了一条较宽的道路。因此，译文从严格押韵、半押韵到不押韵的各个程度，译本都有涉猎。但是，无论是否押韵，其节奏和措辞应该总是富于诗意，这个要求则是统一的。这是我们对皇家版《莎士比亚全集》译本的语言和风格要求。不能说我们能完全达到这个目标，但我们是往这个方向努力的。正是这样的努力，使这套译本与前此译本有很大的差异，在一定的意义上来说，标志着中国莎士比亚著作翻译的一次大转折。

翻译突破：还原莎士比亚作品禁忌区域

另有一个课题是中国学者从前讨论得比较少的禁忌领域，即莎士比亚著作中的性描写现象。

许多西方学者认为，莎士比亚酷爱色情字眼，他的著作渗透着性描写、性暗示。只要有机会，他就总会在字里行间，用上与性相联系的双关语。西方人很早就搜罗莎士比亚著作的此类用语，编纂了莎士比亚淫秽用语词典。这类词典还不止一种。1995 年，我又看到弗朗基·鲁宾斯坦（Frankie Rubinstein）等编纂了《莎士比亚性双关语释义词典》（*A Dictionary of Shakespeare's Sexual Puns and Their Significance*），厚达 372 页。

赤裸裸的性描写或过多的淫秽用语在传统中国文学作品中是受到非议的，尽管有《金瓶梅》这样被判为淫秽作品的文学现象，但是中国传统的主流舆论还是抑制这类作品的。莎士比亚的作品固然不是通常意义上的淫秽作品，但是它的大量实际用语确实有很强的色情味。这个极鲜明的特点恰恰被前此的所有汉译本故意掩盖或在无意中抹杀掉。莎士比亚的所有汉译者，尤其是像朱生豪先生这样的译者，显然不愿意中国读者看到莎士比亚的文笔有非常泼辣的大量使用性相关脏话的特点。这个特点多半都被巧妙地漏译或改译。于是出现一种怪现象，莎士比亚著作中有些大段的篇章变成汉语后，尽管读起来是通顺的，读者对这些话语却往往感到莫名其妙。以《罗密欧与朱丽叶》第一幕第一场前面的 30 行台词为例，这是凯普莱特家两个仆人山普孙与葛莱古里之间的淫秽对话。但是，读者阅读过去的汉译本时，很难看到他们是在说淫秽的脏话，甚至会认为这些对话只是仆人之间的胡话，没有什么意义。

不过，前此的译本对这类用语和描写的态度也并不完全一样，而是依据年代距离在逐步改变。朱生豪先生的译本对这些东西删除改动得最多，梁实秋先生已经有所保留，但还是有节制。方平先生等的译本保留得更多一些，但仍然持有相当的保留态度。此外，从英语的不同版本看，有的版本注释得明白，有的版本故意模糊，有的版本注释者自己也没有弄懂这些双关语，那就更别说中国译者了。

在这一点上，我们目前使用的皇家版《莎士比亚全集》是做得最好的。

那么，我们该怎样来翻译莎士比亚的这种用语呢？是迫于传统中国道德取向的习惯巧妙地回避，还是尽可能忠实地传达莎士比亚的本真用意？我们认为，前此的译本依据各自所处时代的中国人道德价值的接受状态，采用了相应的翻译对策，出现了某种程度的曲译，这是可以理解的，是特定历史条件下的产物。但是，历史在前进，中国人的道德观已经有了很大的改变，尤其是在性禁忌领域。说实话，无论我们怎样真实地还原莎士比亚著作中的性双关描写，比起当代文学作品中有时无所忌讳的淫秽描写来，莎士比亚还真是有小巫见大巫的感觉。换句话说，目前中国人在这方面的外来道德价值接受状态，已经完全可以接受莎士比亚著作中的性双关用语了。因此，我们的做法是尽可能真实还原莎士比亚性相关用语的现象。在通常的情况下，如果直译不能实现这种现象的传输，我们就采用注释。可以说，在这方面，目前这个版本是所有莎士比亚汉译本中做得最超前的。

译法示例

莎士比亚作品的文字具有多种风格，早期的、中期的和晚期的语言风格有明显区别，悲剧、喜剧、历史剧、十四行诗的语言风格也有区别。甚至同样是悲剧或喜剧，莎士比亚的语言风格往往也会很不相同。比如同样是属于悲剧，《罗密欧与朱丽叶》剧文中就常常有押韵的段落，而大悲剧《李尔王》却很少押韵；同样是喜剧，《威尼斯商人》是格律素体诗，而《快乐的温莎巧妇》却大多是散文体。

与此现象相应，我们的翻译当然也就有多种风格。虽然不完全一一对应，但我们有意避免将莎士比亚著作翻译成千篇一律的一种文体。从这个意义上说，皇家版《莎士比亚全集》汉译本在某些方面采用了全新的译法。这种全新译法不是孤立的一种译法，而是力求展示多种翻译风格、多种审美尝试。多样化为我们将来精益求精提供了相对更多的选择。如果现在固定为一种单一的风格，那么将来要想有新的突破，就困难了。概括说来，我们的多种翻译风格主要包括：1）有韵体诗词曲风味译法；2）有韵体现代文白融合译法；3）无韵体白话诗译法。下面依次选出若干相应风格的译例，供读者和有关方面品鉴。

一、有韵体诗词曲风味译法

有韵体诗词曲风味译法注意使用一些传统诗词曲中诗味比较浓郁的词汇，同时注意遣词不偏僻，节奏比较明快，音韵也比较和谐。但是，它们并不是严格意义上的传统诗词曲，只是带点诗词曲的风味而已。例如：

女巫甲	何时我等再相逢？
	闪电雷鸣急雨中？
女巫乙	待到硝烟烽火静，
	沙场成败见雌雄。
女巫丙	残阳犹挂在西空。　　　　　（《麦克白》第一幕第一场）

小丑甲	当时年少爱风流，
	有滋有味有甜头；
	行乐哪管韶华逝，
	天下柔情最销愁。　　　　　（《哈姆莱特》第五幕第一场）

朱丽叶　天未曙，罗郎，何苦别意匆忙？
　　　　鸟音啼，声声亮，惊骇罗郎心房。
　　　　休听作破晓云雀歌，只是夜莺唱，
　　　　石榴树间，夜夜有它设歌场。
　　　　信我，罗郎，端的只是夜莺轻唱。

罗密欧　不，是云雀报晓，不是莺歌，
　　　　看东方，无情朝阳，暗洒霞光，
　　　　流云万朵，镶嵌银带飘如浪。
　　　　星斗如烛，恰似残灯剩微芒，
　　　　欢乐白昼，悄然驻步雾嶂群岗。
　　　　奈何，我去也则生，留也必亡。

朱丽叶　听我言，天际微芒非破晓霞光，
　　　　只是金乌，吐射流星当空亮，
　　　　似明炬，今夜为郎，朗照边邦，
　　　　何愁它曼托瓦路，漫远悠长。
　　　　且稍待，正无须行色皇皇仓仓。

罗密欧　纵身陷人手，蒙斧钺加诛于刑场；
　　　　只要这勾留遂你愿，我欣然承当。
　　　　让我说，那天际灰朦，非黎明醒眼，
　　　　乃月神眉宇，幽幽映现，淡淡辉光；
　　　　那歌鸣亦非云雀之讴，哪怕它
　　　　嚣然振动于头上空冥，嘹亮高亢。
　　　　我巴不得栖身此地，永不他往。
　　　　来吧，死亡！倘朱丽叶愿遂此望。
　　　　如何，心肝？畅谈吧，趁夜色迷茫。

　　　　　　　　　　　　（《罗密欧与朱丽叶》第三幕第五场）

二、有韵体现代文白融合译法

有韵体现代文白融合译法的特点是：基本押韵，措辞上白话与文言尽量能够水乳交融；充分利用诗歌的现代节奏感，俾便能够念起来朗朗上口。例如：

哈姆莱特 死，还是生？这才是问题根本：

莫道是苦海无涯，但操戈奋进，

终赢得一片清平；或默对逆运，

忍受它箭石交攻，敢问，

两番选择，何为上乘？

死灭，睡也，倘借得长眠

可治心伤，愈千万肉身苦痛痕，

则岂非美境，人所追寻？死，睡也，

睡中或有梦魇生，唉，症结在此；

倘能撒手这碌碌凡尘，长入死梦，

又谁知梦境何形？念及此忧，

不由人踌躇难定：这满腹疑情

竟使人苟延年命，忍对苦难平生。

假如借短刀一柄，即可解脱身心，

谁甘愿受人世的鞭挞与讥评，

强权者的威压，傲慢者的骄横，

失恋的痛楚，法律的耽延，

官吏的暴虐，甚或默受小人

对贤德者肆意拳脚加身？

谁又愿肩负这如许重担，

流汗、呻吟，疲于奔命，

倘非对死后的处境心存疑云，

惧那未经发现的国土从古至今
无孤旅归来，意志的迷惘
使我辈宁愿忍受现世的忧闷，
而不敢飞身投向未知的苦境？
前瞻后顾使我们全成懦夫，
于是，本色天然的决断决行，
罩上了一层思想的惨淡余阴，
只可惜诸多待举的宏图大业，
竟因此如逝水忽然转向而行，
失掉行动的名分。　　（《哈姆莱特》第三幕第一场）

麦克白　若做了便是了，则快了便是好。
　　　　若暗下毒手却能横超果报，
　　　　割人首级却赢得绝世功高，
　　　　则一击得手便大功告成，
　　　　千了百了，那么此际此宵，
　　　　身处时间之海的沙滩、岸畔，
　　　　何管它来世风险逍遥。但这种事，
　　　　现世永远有裁判的公道：
　　　　教人杀戮之策者，必受杀戮之报；
　　　　给别人下毒者，自有公平正义之手
　　　　让下毒者自食盘中毒肴。　　（《麦克白》第一幕第七场）

损神，耗精，愧煞了浪子风流，
都只为纵欲眠花卧柳，
阴谋，好杀，赌假咒，坏事做到头；

心毒手狠，野蛮粗暴，背信弃义不知羞。

才尝得云雨乐，转眼意趣休。

舍命追求，一到手，没来由

便厌腻个透。呀恰，恰像是钓钩，

但吞香饵，管教你六神无主不自由。

求时疯狂，得时也疯狂，

曾有，现有，还想有，要玩总玩不够。

适才是甜头，转瞬成苦头。

求欢同枕前，梦破云雨后。

唉，普天下谁不知这般儿歹症候，

却避不得便往这通阴曹的天堂路儿上走！

（十四行诗第一百二十九首）

三、无韵体白话诗译法

无韵体白话诗译法的特点是：虽然不押韵，但是译文有很明显的和谐节奏，措辞畅达，有诗味，明显不是普通的口语。例如：

贡妮芮　父亲，我爱您非语言所能表达；

胜过自己的眼睛、天地、自由；

超乎世上的财富或珍宝；犹如

德貌双全、康强、荣誉的生命。

子女献爱，父亲见爱，至多如此；

这种爱使言语贫乏，谈吐空虚：

超过这一切的比拟——我爱您。（《李尔王》第一幕第一场）

李尔　国王要跟康沃尔说话，慈爱的父亲

要跟他女儿说话，命令、等候他们服侍。

这话通禀他们了吗？我的气血都飙起来了！
火爆？火爆公爵？去告诉那烈性公爵——
不，还是别急：也许他是真不舒服。
人病了，常会疏忽健康时应尽的
责任。身子受折磨，
逼着头脑跟它受苦，
人就不由自主了。我要忍耐，
不再顺着我过度的轻率任性，
把难受病人偶然的发作，错认是
健康人的行为。我的王权废掉算了！
为什么要他坐在这里？这种行为
使我相信公爵夫妇不来见我
是伎俩。把我的仆人放出来。
去跟公爵夫妇讲，我要跟他们说话，
现在就要。叫他们出来听我说，
不然我要在他们房门前打起鼓来，
不让他们好睡。　　　　　　（《李尔王》第二幕第二场）

奥瑟罗　　诸位德高望重的大人，
　　　　　　我崇敬无比的主子，
　　　　　　我带走了这位元老的女儿，
　　　　　　这是真的；真的，我和她结了婚，说到底，
　　　　　　这就是我最大的罪状，再也没有什么罪名
　　　　　　可以加到我头上了。我虽然
　　　　　　说话粗鲁，不会花言巧语，
　　　　　　但是七年来我用尽了双臂之力，

直到九个月前，我一直
都在战场上拼死拼活，
所以对于这个世界，我只知道
冲锋向前，不敢退缩落后，
也不会用漂亮的字眼来掩饰
不漂亮的行为。不过，如果诸位愿意耐心听听，
我也可以把我没有化装掩盖的全部过程，
一五一十地摆到诸位面前，接受批判：
我绝没有用过什么迷魂汤药、魔法妖术，
还有什么歪门邪道——反正我得到他的女儿，
全用不着这一套。　　　　　　（《奥瑟罗》第一幕第三场）

目 录

《泰尔亲王佩力克里斯》导言

　　一位衣冠古旧的长者孑然走上空阔的舞台："白头歌旧曲，/ 高尔出坟茔。"[1]《佩力克里斯》或许起首部分由一个雇来的蹩脚编剧写于 1607 年，再由莎士比亚于 1608 年完成全剧。它标志着这位大师开始了新的创作阶段。而此前数年，他只是专注于悲剧（《麦克白》[Macbeth]、《李尔王》[King Lear]、《雅典的泰门》[Timon of Athens]、《安东尼与克莉奥佩特拉》[Antony and Cleopatra] 和同期的《科利奥兰纳斯》[Coriolanus]）的创作。而接下来创作的一批剧作，莎士比亚的风格变得更加柔美。大海，航行，风暴，不幸的遭遇与幸运的机遇，经年累月的求索与哀痛，失而复得的孩子，似已死去之人的重生——这些元素构成了"传奇"这一经久不衰的文学样式。

　　古希腊流传最广、复述最频繁的故事之一，便是泰尔的阿波罗尼奥斯[2]的故事。他在地中海地区漂泊，几乎无处不至，失去一切后重获新

1　见开场诗。——译者附注

2　泰尔的阿波罗尼奥斯（Apollonius of Tyre）：另译作"提尔的阿波罗尼奥斯"；Tyre 现通译作"提尔"，为黎巴嫩南部一港口。——译者附注

生。乔叟（Chaucer）的朋友约翰·高尔[1]在他信手拈来收录前代故事的诗歌作品《情人的忏悔》中，也讲述了这个故事。两百余年后高尔在环球剧场的舞台上被再次赋予生命，而阿波罗尼奥斯改名佩力克里斯。诗人高尔作为致辞者，贯穿情节，引导观众，激发我们去想象剧中那艘漂泊者之船，想象它经历两场大风暴，在地中海东北部的安提阿[2]和塔索斯[3]登陆上岸，然后远航至北非的潘塔波利斯[4]，再回到塔索斯和泰尔，最后抵达爱琴海的以弗所[5]和米蒂利尼[6]。

　　古老之歌的意义是以深沉而简明的方式表现的。若想在《佩力克里斯》中找寻莎氏悲剧中那种错综复杂的心理刻画，则一定会让人失望。《安东尼与克莉奥佩特拉》同样是一部围绕古代地中海地区展开情节的剧作，有可能是创作《佩力克里斯》之前的最近一部作品，剧中的道德灰色地带层次微妙，永远吸引着我们，而《佩力克里斯》却不具备这样的特点。我们在此剧中只得接受黑白分明的人物设定，更令人纠结的是，还不得不接受白变成黑（狄奥妮莎前一刻是保护人，下一刻是杀人犯），黑变成白（拉西马卡斯去妓院本想玷污玛丽娜的处子之身，后来却被视为后者的理想夫君）。

　　剧中穿插了一系列戏剧场面和仪式性的哑剧表演，形成极大反差：佩力克里斯先是追求一个与父亲暗中乱伦的女儿；后来又追求另一个女

1　约翰·高尔（John Gower，1330？—1408），英国中世纪诗人，其作品《情人的忏悔》（*Confessio Amantis*）是《泰尔亲王佩力克里斯》的主要情节取材来源。——译者附注

2　安提阿（Antioch）：又译安条克，古叙利亚城市，今属土耳其。——译者附注

3　塔索斯（Tarsus）：又译塔尔苏斯，古喀利喀亚地区（Cilicia）西德努斯河（River Cydnus）畔城市，今属土耳其。——译者附注

4　潘塔波利斯（Pentapolis）：古希腊人在北非建立的五座城市的合称。——译者附注

5　以弗所（Ephesus）：古希腊小亚细亚西岸贸易城市。——译者附注

6　米蒂利尼（Mytilene）：希腊莱斯沃斯岛（Lesbos）港口。——译者附注

儿，其父以戏谑的方式装作专制的家长，实则为女儿爱上身穿锈甲的骑士而高兴。故事从一个女儿"玷污双亲榻，/ 吞噬母亲身"[1]开始，以另一位女儿使父亲获得重生结束。佩力克里斯有一句惊人之语："那给你生命的人，你又给了他生命"[2]，女儿使她的父亲获得新生，但看上去丝毫没有不伦之恋的想法。玛丽娜先使妓院的顾客连同那淫荡的老勃特，都从好色之徒转变成了正人君子，然后又让她的父亲摆脱了蓬头垢面、身披麻衣的漂泊状态，获得了新生。第五幕是对第一幕中颠倒伦常局面的反转，说明此剧尽管结构上或许有些松散，但却具有内在统一性。本剧虽然前两幕由另一位剧作家乔治·威尔金斯（George Wilkins）撰写，后三幕才由莎士比亚执笔，但剧情前后衔接非常顺畅。

　　本剧的语言风格前后差别更加明显。直到关于暴风雨的那段台词——"又隆隆兮雷击。/ 耳欲聋兮告祈，望雷霆兮平息"[3]——出现，剧中语言才开始显现出莎氏后期诗体的韵味。从此处直到剧终，颇有一些段落具有特别的美感与力量。父女重逢一场最能说明问题，它再现了李尔（Lear）与蔻迪莉亚（Cordelia）的重逢，在某种程度上还有所超越。莎士比亚笔下最动人的场景莫过于此。

参考资料

作者：由莎士比亚与乔治·威尔金斯合著，后者著有多部小册子和剧本，皆在 1606 至 1608 年间出版，包括由国王剧团排演的《强制婚姻的痛苦》（*The Miseries of Enforced Marriage*，1607）。当时大部分合作撰写剧本的

1　见第一幕第一场；中文译文语序有所变动。——译者附注

2　见第五幕第一场。——译者附注

3　见第三幕第一场；中文语序和分行有所变动。——译者附注

作者都是交替创作剧本场景内容，但《佩力克里斯》却有一个明确的前后分界，威尔金斯撰写前两幕，莎士比亚写后三幕。这说明剧作本来由威尔金斯起稿，他中途搁笔，不得不由剧团编剧莎士比亚完成余下部分（很可能也由他润色前半部）。威尔金斯在 1608 年后似乎就不再写剧本了，因此也许他们曾经失和。威尔金斯几乎完全根据这部剧作出版了散文体传奇《泰尔亲王佩力克里斯的苦难经历》（"《佩力克里斯》剧之真实历史，取材自古代杰出诗人约翰·高尔作品"）[1]，此举可能激化了矛盾。

剧情： 佩力克里斯到安提阿向国王安提奥克斯之女求婚。他解开了一个谜语，但谜语揭露了国王的可怕秘密，因此佩力克里斯只能逃走。他回到泰尔并不安全，于是把政务委托给得到他信任倚重的赫力堪纳斯管理，自己乘船前往塔索斯；在塔索斯，佩力克里斯赈济当地灾荒，得到总督克里翁和其妻子狄奥妮莎的感激。佩力克里斯继续航海时遇险，流落到潘塔波利斯海岸，被渔人救起。渔人把他带至国王西蒙尼狄斯的宫殿；为庆祝女儿泰莎的生日，国王正举办比武盛会。佩力克里斯隐瞒身份，在比武中战胜众多骑士，赢得公主为妻。安提奥克斯死后，佩力克里斯性命无忧——也公开了真实身份——他携泰莎登船返回泰尔，泰莎正怀着他们的第一个孩子。风暴中，泰莎产女身亡，被葬于海底。佩力克里斯在塔索斯登岸，把名唤玛丽娜的襁褓幼女托付给克里翁和狄奥妮莎。泰莎的棺材在以弗所被冲上岸，她被医生赛利蒙救活，在狄安娜神庙做了修女。一晃十四年光阴过去。玛丽娜引起了狄奥妮莎的妒恨，狄奥妮莎设计害她。结果玛丽娜被海盗掳走，卖入米蒂利尼一家妓院，但她坚守贞操，妨碍了妓院的生意。当地总督拉西马卡斯乔装打扮到妓院寻欢，

1　英文原文为 *The Painfull Adventures of Pericles Prince of Tyre* ('Being the true History of the Play of *Pericles*, as it was lately presented by the worthy and ancient Poet *John Gower*')。——译者附注

玛丽娜给他留下深刻印象。佩力克里斯继续在海上漂泊，机缘巧合来到米蒂利尼，拉西马卡斯上船拜访，并召玛丽娜上船，希望帮助佩力克里斯摆脱忧伤。对话中发现玛丽娜是佩力克里斯之女，佩力克里斯欣喜欲狂。女神狄安娜（Diana）在佩力克里斯梦中指引他前往以弗所，在自己的神庙献祭。众人扬帆出海，全剧最后一幕结束。

主要角色：（列有台词行数百分比/台词段数/上场次数）佩力克里斯（25%/121/10），高尔（13%/8/8），玛丽娜（8%/63/5），西蒙尼狄斯（6%/42/3），赫力堪纳斯（5%/37/5），克里翁（5%/19/3），赛利蒙（4%/23/3），拉西马卡斯（4%/40/2），鸨母（4%/43/2），狄奥妮莎（4%/19/4），泰莎（3%/32/6），勃特（3%/38/2），安提奥克斯（3%/12/1）。

语体风格：诗体约占80%，散体约占20%。

创作年代：1608年。1608年5月登记出版；威尔金斯的小说《佩力克里斯的苦难经历》出版于1608年，得益于此剧的成功获利颇丰；威尼斯与法国大使曾观看此剧演出，时间很可能在1608年4月至7月之间。从印刷频次和其后的相关资料来看，此剧当时颇受欢迎。

取材来源：主要依据约翰·高尔创作于14世纪的诗歌《情人的忏悔》的第8卷——泰尔的阿波罗尼奥斯的故事（古代传奇）；部分取材于劳伦斯·特温（Lawrence Twine）1607年出版的中篇小说《痛苦奇遇记》（*The Patterne of Painefull Aduentures*）中讲述的同一故事，威尔金斯据此剧写成的故事也大量借鉴这个素材。

文本： 未收入第一对开本，或许因为编辑知道仅后半部是莎士比亚手笔。与几部"伪"剧一起收入第三对开本的第二版（1664 年）。尽管最初由出版对开本的爱德华·布朗特（Edward Blount）于 1608 年登记，《佩力克里斯》1609 年用四开本以另一出版商之名印出，书名标题为："前代备受敬仰之剧作，名为'泰尔亲王佩力克里斯'。真实讲述此王全部历史、历险经历与命运。并有其女玛丽娜同样离奇可观的降生与成长奇遇。曾由国王陛下之供奉剧团在坐落河畔之环球剧场多次演出。编剧者威廉·莎士比亚。"该版本印刷质量很差，有多处错误，有些情节难以理解，比其他对开本剧作需要更多编辑修订。威尔金斯的故事对阐释某些段落有辅助作用，但我们不确切知道他的写法和莎士比亚作品之间的关系，因此像有些编辑那样把对威尔金斯故事的解读纳入此文本，并不能确保无误。四开本共印六版（1609 年一年就出了两版），说明此剧很风行。1635 年此剧的第六版四开本和 1634 年出版的四开本《两贵亲》（*The Two Noble Kinsmen*），可能是出于将两剧增补进莎剧全集 1632 年第二对开本之目的而出版。

乔纳森·贝特（Jonathan Bate）

泰尔亲王佩力克里斯

高尔，致辞者

佩力克里斯，泰尔亲王

玛丽娜，泰尔亲王之女

安提阿

安提奥克斯，安提阿国王

安提奥克斯的**女儿**

泰利阿德，大臣

信差

泰尔

大臣甲

大臣乙

赫力堪纳斯，严谨智慧的辅政大臣

埃斯卡涅斯，年老的辅政大臣

大臣丙

塔索斯

克里翁，塔索斯总督

狄奥妮莎，克里翁之妻

大臣

其他塔索斯人

里奥宁

海盗甲

海盗乙

海盗丙

潘塔波利斯

渔人甲，渔人头目

渔人乙

渔人丙

西蒙尼狄斯，潘塔波利斯国王

泰莎，西蒙尼狄斯之女

骑士甲，斯巴达人

骑士乙，马其顿人

骑士丙，安提阿人

骑士丁

骑士戊

大臣甲

大臣乙

大臣丙

司仪官

海船上
水手甲，船长
水手乙
利科丽达，玛丽娜之乳母

以弗所
大臣赛利蒙
费利蒙，赛利蒙的侍从
仆人甲
一暴风雨幸存者
绅士甲
绅士乙
赛利蒙之仆人
狄安娜，贞节女神

米蒂利尼
妓院老板
鸨母，妓院老板之妻
勃特，妓院老板和鸨母的雇工
绅士甲
绅士乙
拉西马卡斯，米蒂利尼总督
泰尔水手
米蒂利尼水手
泰尔绅士甲
米蒂利尼大臣
玛丽娜之女伴
随从、侍从、绅士、信差、大臣、
仆人及狄安娜神庙祭司各数人

开场诗

第一景

高尔[1]上

高尔　　　白头歌旧曲，

　　　　　　高尔出坟茔，

　　　　　　娱君双目悦君耳，

　　　　　　今日复生血肉形。

　　　　　　古歌尝伴祝祷，

　　　　　　斋夜良辰供奉，

　　　　　　贵士淑媛曾赏读，

　　　　　　颇如灵药慰平生。

　　　　　　歌曲妙，激壮志，

　　　　　　醇如酒香与日增。

　　　　　　后世诸君多智慧[2]，

　　　　　　老翁度曲可堪听？

　　　　　　如蒙应允歌于此，

　　　　　　吾必颂之复如生。

　　　　　　愿献长歌如蜡炬，

1　约翰·高尔葬于圣救主教堂（the Church of Saint Saviour），即今之萨瑟克大教堂（Southwark Cathedral，或译作"南岸大教堂"、"南华克大教堂"），距环球剧场不远，所以下文高尔说："高尔出坟茔"；参见《新剑桥版莎士比亚》（*The New Cambridge Shakespeare*，后文简称《新剑桥版》）此处注释。——译者附注

2　原文 wit 既指智慧，也指诗才。

烛销光殒尽余声。

且说安提奥克斯，一代霸主，

建都安提阿——

城池壮美，叙利亚国第一雄都。

此事前辈曾有记录：

国王之妻已逝，

一女王后所出，

相貌得天独厚，

风流明丽一艳姝。

其父心生不洁欲，

诱女背伦行染污。

女为不良父尤劣，

竟引骨肉入邪途！

二人邪行已长久，

习焉不觉罪孽深。

邪女娇容真绝世，

一时艳色动王孙。

贵胄远来求连理，

共枕香泽欲得亲。

国王只欲留娇女，

颁诏警示求婚人——

解出谜语得王女，

不解谜语杀其身。

众人求聘裙下死，

但留头骨貌阴沉。（指着上方陈列的头颅，或亮出头颅）

欲知后事又如何，列位看官，

依您慧眼，由君评断。

下

第一幕

第一场 / 景同前

安提阿

安提奥克斯、佩力克里斯亲王及众随从上

安提奥克斯　　年轻的泰尔亲王，¹

　　　　　　　　此举危险重重，您可曾详知？

佩力克里斯　　安提奥克斯，我已尽知。

　　　　　　　　令嫒之光芒给我勇气，

　　　　　　　　令我不惧死亡。

安提奥克斯　　奏乐！（音乐起）

　　　　　　　　请出本王女儿，令她作新娘妆扮，

　　　　　　　　堪与神帝乔武²相拥相挽。

　　　　　　　　路西娜神³接生前，

　　　　　　　　女儿尚在胎中，造化赠她妆奁，

　　　　　　　　群星坐开天庭会，

　　　　　　　　合并诸多优点，给她绝美容颜。

安提奥克斯女儿上

佩力克里斯　　丽人翩然至，盛妆如春神，

1　年轻的泰尔亲王（Young Prince of Tyre）：对于佩力克里斯的身份，本译本依照翻译传统译作
　　亲王、王 / 国王。但 prince 一词和中文"亲王"、"国王"等词意义不完全对应；佩力克里斯
　　是古希腊时期泰尔的君主，泰尔不同于现代意义的国家。——译者附注
2　乔武（Jove）：即朱庇特（Jupiter），罗马神话中的主神。
3　路西娜（Lucina）：罗马神话中司生育的女神。

芳心做君主，美惠三女臣 [1]，
统领诸贤德，荣誉赐世人。
面貌如华章，诗句美无伦。
读之遂忘忧，永离怒与嗔。
伴此温柔女，何事更忧心？
唯应余妙乐，奇趣当无尽。
人间爱欲兮，天神尽掌管，
造我为男子，燃我胸中焰，
或攀仙树兮尝欲果， [2]
或丢性命兮坠深渊。
神兮，吾为汝子与汝仆，
向天祝祷求神助，赐我欢乐永无边。

安提奥克斯　　亲王佩力克里斯——

佩力克里斯　　愿为大英雄安提奥克斯之婿。

安提奥克斯　　君见彼佳人，美丽如花园， [3]
园中生金果，危险禁摘攀。
为有猛龙把守，护卫森严。
姑娘美貌如仙境，光芒引汝抬头看。
若堪配我女，娶得美人还；

1　美惠三女臣（Graces her subjects）：指代表美丽、优雅和艺术灵感的三位美惠女神都要逊色
　于安提奥克斯的女儿。——原注；三位美惠女神常跟随爱神出现；关于美惠女神有不同解释，
　此处仅为其中一说。——译者附注

2　或攀仙树兮尝欲果（To taste the fruit of yon celestial tree）：喻指享用安提奥克斯女儿的肉体，
　fruit 亦指赫剌克勒斯（Hercules）从赫斯珀洛斯（Hesperus）的花园中盗取的金苹果或夏娃
　（Eve）偷吃的禁果。

3　君见彼佳人，美丽如花园（Before thee stands this fair Hesperides）：Hesperides 原指希腊神
　话中化作长庚星（即金星）的赫斯珀洛斯的女儿赫斯珀里得斯姊妹三人，她们和一条巨龙在
　一处花园中守护金苹果树。——译者附注

你若非其配，却要眈眈抬望眼，

到头来，连累自身命不全。

（指着众头颅）此皆昔日王公，如你一般模样，

听传闻而心动，欲念生而胆壮。

看如今，舌上无声容颜黯，警汝这番情状。

头上没遮没盖，只有这片星光，

空余一群颅骨，身殉爱神战场。

双颊枯朽今告汝，

莫入死神网，死神无人可抵挡。

佩力克里斯　安提奥克斯，谢你殷勤劝告，

自身无常我已知，

头骨森森前车鉴。

以身涉险心坚定，

念死须如对镜观——

不信人生久，性命只在呼吸间。

我如病人留遗嘱，

世事早尽知，天堂今已见，

哀哀不恋俗世欢。

向王上，亦向诸贤士，留赠平安，

我本亲王风度，当作如是言。

富贵归还泥土去，——

（对安提奥克斯女儿）无瑕爱火向佳人献。——

（对安提奥克斯）心坚只待决生死，

火海刀山不畏难。

安提奥克斯　既然不听劝告，把这谜语细看。（给佩力克里斯谜语）

倘若不解其意，我已有令在先。

你将重蹈覆辙，也要血洒殿前。

女儿　　　　　（对佩力克里斯）诸人已涉险，望你得成功。

　　　　　　　　涉险诸人中，祝你运亨通。

佩力克里斯　　我如猛士赴阵前，

　　　　　　　　昂首不听诸劝告，

　　　　　　　　只留忠勇在心间。

　　　　　　　　（念谜语）

　　　　　　　　"我非蛇蝎，却噬母体，

　　　　　　　　生于母体，我啖其肉。

　　　　　　　　我择丈夫，一举两得，

　　　　　　　　骨肉交欢，温柔如父。[1]

　　　　　　　　性柔之夫，为父为子，

　　　　　　　　吾既其母，亦妻亦儿。

　　　　　　　　仅只两人，焉得如此？

　　　　　　　　汝解谜团，乃得生路。"

　　　　　　　　（旁白）末句真猛药也！——

　　　　　　　　神赠星目与苍穹，令照世人诸行径。

　　　　　　　　我读此谜失血色，字句若是写实情，

　　　　　　　　上苍只该闭天眼，应施浓雾障群星。——

　　　　　　　　（对安提奥克斯女儿）汝似玻璃光闪烁，[2] 吾心之爱转头空，

　　　　　　　　精美奁盒藏污秽，使人欲爱却不能。

　　　　　　　　公主请容禀：

　　　　　　　　我今心意大不同，人若堂堂具德行，

　　　　　　　　明知屋中藏污秽，岂肯移步入门庭？

　　　　　　　　汝似提琴妙，感触如丝弦，

1　原文 kindness 一词既指情爱，也指亲情，亦有对性关系的暗示。

2　汝似玻璃光闪烁（Fair glass of light）：玻璃常用来象征女性脆弱的童贞。

弄弦倘若合音律，

诸神倾耳声动天。[1]

未及其时若弹拨，

群魔起舞乐声乱。

我今实告汝，不复恋婵娟。

（佩力克里斯示意安提奥克斯女儿）

安提奥克斯　佩力克里斯亲王，不许你碰她的手，不然你要丧命，

这也是本王之令，和其他律令一样不可通融。

时辰已到——

要么揭谜底，要么你的性命不保。

佩力克里斯　伟大的国王，

人们爱为恶，却不爱听人说其罪恶。

我实在难以开口，怎能深切谴责陛下。

好比有本卷册，里面记录着君王行迹，

人必把它深藏，为保性命无忧。

罪恶倘若泄露流传，

好似骤风吹尘入眼，

到头来，代价一定沉甸甸，

风过后，两眼肿痛，睁开一看，

便知设法制止风起，免得生乱。

盲眼鼹鼠挖土成丘，筑起小山通向天，

1　汝似提琴妙……诸神倾耳声动天（You are a fair viol, and your sense the strings, / Who, fingered to make man his lawful music,/Would draw heaven down, and all the gods to hearken.）：此处用琴比喻安提奥克斯之女，弹拨琴弦包含性暗示。句中用"合音律"的音乐暗示合法的配偶。下文亦有类似暗示。

控诉恶人霸占世间，小命却因之不得保全。[1]
君王是世间的神明，律法全凭他心念，
倘或天神误入歧途，这过失谁敢明言？
大王当知的已然尽知，
若再宣扬会生危害，不如到此为止。
人皆爱生命，因此求圣旨，
我今舌噤声，头颅免一死。

安提奥克斯　（旁白）天哪，我愿能砍下你头来！
他已猜出深意，我且敷衍着。——
（对佩力克里斯）泰尔的年轻亲王，
虽说依照严格律令，
你解错了谜语，
本王便该行刑。
可念你一表人才，金枝玉叶，
盼你能另出机杼。
因而再给四十日宽限，
若能解出谜语，
本王甚愿得君为婿。
期限之内，我将依王者之度，
按你身份，予你应有之礼遇。

众人下。佩力克里斯独自留场

佩力克里斯　礼数殷勤，隐藏罪孽，
举止虚伪，实为矫饰，

1　控诉恶人霸占世间……小命却因之不得保全（Copped hills towards heaven, to tell the earth is thronged / By man's oppression, and the poor worm doth die for't）：此处比喻佩力克里斯自己。——译者附注

徒有其表，色仁行违。
我若真是解错谜语，
那你则非奸非恶，
不曾乱伦，没有背弃灵魂。
可你亦父亦子，
未及笄之女，被你拥入怀——
此为丈夫之乐，岂是父亲应得——
女儿玷污双亲榻，
吞噬母亲身。
蛇蝎纵然食香花，
其毒不可泯。
辞别安提阿，心中有明论，
若人为恶时，面上无红晕，
必尽其手段，不令世人闻。
一罪生一罪，从来恶相引，
凶杀随淫欲，如火随烟熏。
毒杀与背叛，罪恶之双刃。
若为挡羞惭，二者堪作盾。
为名声，恐你杀人灭口，
出虎穴，我今仓皇远遁。　　　　　　　　　下

安提奥克斯上

安提奥克斯　　他已知谜底，
就当刀下死。
杀之免我声狼藉，
安提奥克斯之罪孽，
不许他告世人知。
为保名声他必死，

　　　　　　　　立诛亲王不宜迟。

　　　　　　　　左右何在？

泰利阿德上

泰利阿德　　　陛下有何吩咐？

安提奥克斯　　泰利阿德，你是本王心腹。

　　　　　　　　本王心中秘密，必不隐瞒于你；

　　　　　　　　念你忠心耿耿，

　　　　　　　　本王要给你加官进禄。

　　　　　　　　且看毒药，再看黄金——

　　　　　　　　本王深恨泰尔亲王，你须将他铲除。

　　　　　　　　不消问因由，只需遵王嘱。

　　　　　　　　你可堪托付？

泰利阿德　　　定不辱王命。

一信差跑上

安提奥克斯　　够了。——

　　　　　　　　（对信差）你喘口气，再禀报何事如此火急。

信差　　　　　陛下，佩力克里斯亲王逃走了。　　　　　　　下

安提奥克斯　　（对泰利阿德）你要保命，就快去追他。

　　　　　　　　须似箭出神射手，

　　　　　　　　开弓凝目无虚发。

　　　　　　　　一日亲王尚留命，

　　　　　　　　一日不许汝回还。

泰利阿德　　　陛下，只要让他进了我手枪射程，一定把他解决。[1] 陛下

　　　　　　　　再会。

1　只要让他进了我手枪射程，一定把他解决（if I can get him within my pistol's length I'll make
　　him sure enough）：手枪是莎士比亚时代的武器，并非此剧故事发生年代的武器，莎士比亚
　　戏剧及同时代戏剧常有此类年代错误。参见《牛津版莎士比亚》（*The Oxford Shakespeare*）与
　　《新剑桥版》此处注释。——译者附注

安提奥克斯　　　再见，泰利阿德。——佩力克里斯死后见，　泰利阿德下
　　　　　　　　　不然我心大不安。　　　　　　　　　　　　　　下

第二场　　/　　第二景

泰尔

佩力克里斯及众大臣上

佩力克里斯　　　诸位且退，不要烦扰本王！　　　　　　　众大臣下
　　　　　　　　　怎生无计解忧郁？
　　　　　　　　　刻刻时时心闷烦。
　　　　　　　　　丽日良辰晴光转，
　　　　　　　　　夜沉如墓愁应眠，
　　　　　　　　　俱不能使我得安然。
　　　　　　　　　欢娱呈眼前，我却闭目不欲观。
　　　　　　　　　威胁留在安提阿，
　　　　　　　　　鞭长莫及祸已远。
　　　　　　　　　逸乐难令我心欢，
　　　　　　　　　祸远不使我心安。
　　　　　　　　　吾知矣——
　　　　　　　　　忧患初生于恐惧，
　　　　　　　　　啖噬愁思得绵延。
　　　　　　　　　恐惧初生易消除，
　　　　　　　　　渐长渐强，渐能自卫难斩断。

安提奥克斯势力强，
吾力微小难抗衡。
他为强者，能为心中所欲为，
我虽立誓，他必疑我正鼓噪。
即便称"礼敬"，于我也无助，
只消他疑我，心中正轻蔑。
秘事若流出，使他脸色变，
他必抽刀断其流，不令人知晓。
必率铁骑踏我土，
霸气凛凛声威悍，
令我国民惊破胆，
吾民未抵抗，必已先溃散，
臣子本无辜，却要受苦难。
念我民众，非为自怜，
我如从根生树冠，
应护树根得周全。
念此形销复神减，
敌未伐我，我已将自身伤残。

赫力堪纳斯与佩力克里斯全部臣僚上

大臣甲　　　愿您圣怀安乐。

大臣乙　　　愿您心绪安舒。

赫力堪纳斯　且住，且住，让饱经世事的人说话！
　　　　　　　阿谀之人害国君，
　　　　　　　谄媚如风箱，煽得罪恶生。
　　　　　　　小处受奉承，微小如火星，
　　　　　　　谄媚燃其火，愈烧愈通红。
　　　　　　　恭谨进诤言，最宜诸王公，

君主亦有错，皆与凡人同。

马屁先生颂君"安"，

一番谄媚话，却害您性命。

主上宽恕或责打，

我今跪地低伏听王令。（跪地）

佩力克里斯	（对众大臣）诸卿退下，但须详查
	入港船只货品，
	回报本王。——赫力堪纳斯，
	你方才激怒本王，看我脸色如何？
赫力堪纳斯	主上威严，面带怒容。
佩力克里斯	君主蹙眉，若含刀剑之利，
	你那口舌，怎敢惹本王面生怒气？
赫力堪纳斯	便如草木，全赖上天泽溉，
	怎也敢仰望上天？
佩力克里斯	你明知我有权力取你性命。
赫力堪纳斯	我自磨利斧头，
	您只消砍来。
佩力克里斯	平身，请起！（赫力堪纳斯起身）
	坐下。你非谄媚之人。
	为此我当谢你，
	愿天警君王，莫听奉承，
	你是君王良佐与忠仆，
	因你智慧，本王对你言听计从，
	你将教我如何行事？
赫力堪纳斯	几多愁烦事，
	您应耐心安忍之。
佩力克里斯	卿之言语像医师，赫力堪纳斯，

众大臣下

你献药方，治我之病，
你自服下，也要身颤心惊。
听我讲述安提阿之行：
我甘冒危险，求娶娉婷。
望有子嗣出生，
使君王得巩固，
民众必欢腾。
我观此女，绝世姿容——你听好——
品质之劣，竟至乱伦，全无德行。
被我知其秘事，有罪之父假惺惺，
并未剑拔弩张，反而殷勤礼敬。
你须知，恶人假意献吻时，最该心惊。
我于彼时深恐惧，
趁夜出门逃性命。
黑夜良庇佑，使我返家中。
前番畏惧事，今恐再发生。
我知此人性残暴，他若疑虑不释怀，
疑心增长更比光阴快。
他必怀疑——他定怀疑——
秘事被泄露，疑我口已开，
说他杀人喋血，多少王公被害，
为把床第污垢紧紧掩盖。
为求安心，假称我曾冒犯，
他必侵我领土，诉诸戈铠。
众臣因我过错——所谓过错——
必然饱受战乱，无辜之人难免遭灾。
我对众臣心中深爱，

你这责我之人，亦为我所爱——

赫力堪纳斯　天哪，主上——

佩力克里斯　两眸无睡意，失血双颊瘦，
为保众臣民，心怀千万忧。
为阻此风波，我甚费筹谋。
民将受难无可解，
王者仁心当哀愁。

赫力堪纳斯　主上既许我进言，
我便坦率相告。
您怕安提奥克斯这残暴之人，
甚是有理。怕他公开宣战，
又或暗中谋害。
既然如此，主上何不寄身江海，
待其怒火平息，
或待命运之神剪断他生命之线。
您可将朝政托付一人。在下若受命，
必如白日昭昭，忠心侍奉光明。

佩力克里斯　我对你忠心毫无怀疑，
只怕趁我去后，他来侵犯。

赫力堪纳斯　吾众热血当汇聚，
生于此土死于斯。

佩力克里斯　我便转头离泰尔，扬帆朝向塔索斯。
望你频寄书信，
我会因之决定行止。
对臣民往日之关切、今日之职责，
我尽皆托付，以你智慧，定堪此任。
我今信汝言，不必再盟誓。

前言若成虚，此誓亦必毁。

你我各自循轨迹，

堂堂正正心无违，

汝德如光为臣子，吾做君王遵仁义。　　　　　　　　同下

第三场　　/　　景同前

泰利阿德独自上

泰利阿德　　说话来到泰尔，眼前便是宫廷。我要在这儿杀了佩力克
　　　　　　里斯，不然回国要受绞刑。危险哪。有人实在聪明有头
　　　　　　脑，国王问他要何赏赐，他只求不知道国王秘事。[1] 今日
　　　　　　方知，如此行事，大有道理。国王命谁做恶人，因受君
　　　　　　臣誓约束缚，不做恶人也不行。嘘，泰尔群臣来了。（泰
　　　　　　利阿德退至一旁）

赫力堪纳斯、埃斯卡涅斯及其他大臣上

赫力堪纳斯　　诸位泰尔同僚莫再追问

　　　　　　君王为何离境。

　　　　　　他有御封诏令托付给我，

　　　　　　由此确知，王上在外出游。

泰利阿德　　（旁白）怎么？国王不在？

1　诗人菲利庇得斯（Philippides）曾向色雷斯王利西马科斯（King Lysimachus of Thrace）提出
　　这个著名请求。

赫力堪纳斯	诸君若想再问，
	为何王上不顾各位忠心谏劝，
	竟自出行，我来透露些消息。
	他在安提阿时——
泰利阿德	（旁白）怎么，在安提阿？
赫力堪纳斯	尊贵的安提奥克斯王不知为何缘由，
	对吾王不满——至少主上有此感觉，
	他担心自己犯下过错，
	为表悔意，情愿自罚。
	于是甘受风浪之苦，
	漂泊海上，任由生死一瞬间。
泰利阿德	（旁白）哦，看来就算我想被绞死，也死不了。他既不在，吾王闻此消息定然快活：他已逃离国土，海上了残生。我要上前相见。——（大声）泰尔诸位大人安好！
赫力堪纳斯	欢迎安提奥克斯王驾前的泰利阿德大人。
泰利阿德	我本从吾王处带信给尊贵的佩力克里斯，来到此地又听说贵国王上出游，不知何往，如今讯息便带回原处。
赫力堪纳斯	贵国王上致信吾主，并非我等，
	我等无由询问内容。
	只是在您返程前，我等有一心愿：
	为申友邦之谊，愿在泰尔留君饮宴。 众人下

第四场 / 第三景

塔索斯

塔索斯总督克里翁携其妻狄奥妮莎及其他人上

克里翁	吾妻狄奥妮莎，可愿在此歇息，
	讲叙旁人哀愁故事，
	试解自己之心痛？
狄奥妮莎	那无异于吹风止火。
	妄图挥锹铲高山，
	堆土又成更高山。
	忧愁的夫君哪，我们的哀伤便是如此：
	当下不过心意所感，愁目所见，
	但树苗越砍，枝条长得越高。
克里翁	狄奥妮莎呀，
	饥人怎能不言饿，
	谁能忍饥成饿殍？
	唇舌痛诉吾悲怨，
	双泪泫然向天号。
	耗尽胸中气，缓息气足声更高。
	但恐诸神睡，告之生灵苦，
	哀声动天祈佑护。
	数年痛楚，吾将倾诉，
	倘我气断声吞，请添一把泪流如注。
狄奥妮莎	我会尽力，夫君。
克里翁	吾土塔索斯，

物华天宝城，

遍街夸富贵，

高塔摩云层，

远来之客无不惊。

士女皆昂首、靓扮相辉映，[1]

往来相看如照镜。

佳肴满桌为悦目，

非因口腹欲尽兴。

满城尽骄傲，人皆笑贫穷，

不肯轻出求助声。

狄奥妮莎　　确实如此呀。

克里翁　　且看上天如何转时运。

昨日饕餮欲难满，

地珍飞禽众海产，

众口犹嫌味不足，

今如空屋易颓烂，

饿口无食气奄奄。

当年烹龙又庖凤，

今愿乞讨粗茶饭。

前后相隔仅两年。

慈母宠幼子，喂食精挑选，

而今欲将娇儿啖。

饥饿齿锋利，夫妇抽命签，

决出先死者，对方命可延。

1　士女皆昂首、靓扮相辉映（Whose men and dames so jetted and adorned）：jetted 一词原文注释解作"昂首阔步"（strutted/swaggered），有些版本解作"穿着时尚"。——译者附注

> 路旁贵男女，珠泪俱潸然。
> 倒地有多人，旁人纵然见，
> 孱孱无力埋，
> 是否为实言？

狄奥妮莎　我等腮削目陷，便是证明。

克里翁　那些丰饶之城啊，
　　　　　寻欢作乐、尽享奢华的城市，
　　　　　听一听我们的哭诉！
　　　　　塔索斯的惨状也可能降临他们头上。

一大臣上

大臣　总督何在？

克里翁　在此。
　　　　　说吧，你急急前来，有何惨讯，
　　　　　喜讯太渺茫，不敢存期望。

大臣　我等发现近岸
　　　　　驶来一支宏伟的舰队。

克里翁　我已想到。
　　　　　旧患引新忧，
　　　　　新旧常接踵。
　　　　　趁我值危难，
　　　　　船舰远来藏甲兵，
　　　　　邻国欺我饥荒重。
　　　　　吾众未战已倒地，
　　　　　吾土正不幸，
　　　　　纵然攻克不光荣。

大臣　我们不必忧虑，
　　　　　舰队和平而来，尽挂白旗。

	来者是友非敌。
克里翁	此话不通世故。
	礼数越周全，心思越狡诈。
	不管他们是何居心，有何手段，
	我们哪需惧怕？
	最低是谷底，我们已经半落地。
	告其统帅，我们在此恭候，
	问他来处与来意。
大臣	遵命，主公。 下
克里翁	他若心向和平，我们欢喜相迎，
	他若前来侵犯，吾众无力兴兵。

佩力克里斯及众侍从上

佩力克里斯	总督大人，听说您是此地总督，
	莫因船舰随从众，
	便疑烽烟触目惊。
	远在泰尔，已知饥荒事，
	今见街市，一片苦凋零。
	我非雪上加霜添苦痛，
	实为雪中送炭救灾情。
	您见我船队，莫疑舱里暗藏兵，
	莫疑船似特洛伊，木马欲屠城。
	船中送来谷粮供应，
	赠你速做炊饭，
	救起饥人性命。
塔索斯众人	（跪地）希腊诸神保佑您，
	我等愿为您祈祷。
佩力克里斯	起身呀，请你们起身。（众人起身）

　　　　　　　本王不求顶礼膜拜，只愿寻求友爱，
　　　　　　　望能携船只、随从，在贵地安身。
克里翁　　谁人若不殷勤图报，
　　　　　　　哪个若不长思感激，
　　　　　　　哪怕是妻子、儿女或我们自己，
　　　　　　　天人共愤，责他忘恩负义！
　　　　　　　吾地永无忘恩之日，
　　　　　　　我携全城向您敬致欢迎。
佩力克里斯　诚领，愿稍作盘桓，
　　　　　　　等待命运愁眉，换作笑颜。　　　　　　*众人下*

第二幕

致辞 / 第四景

高尔上

> 诸君已知，有王强悍，
>
> 确诱其女，行为淫乱。
>
> 另有明君，仁慈良善，
>
> 行为言语，皆可称赞。
>
> 诸君莫噪，请您静观。
>
> 看他历辛苦，经患难。
>
> 且说乱世之君主，[1]
>
> 才失芥子又获须弥山。[2]
>
> 言下这位君子[3]，
>
> 我愿为之献祝愿。
>
> 仍居塔索斯，人敬其言谈，
>
> 奉如金科玉律，
>
> 对其善举深感念，
>
> 塑其雕像永垂范。
>
> 岂料风云偏生变，

---

1 且说乱世之君主（I'll show you those in troubles reign）：此处既可理解为在乱世中做君主，也可理解成君主被患难主宰。

2 才失芥子又获须弥山（Losing a mite, a mountain gain）：原文指失去一个小微粒，得到一座山，此处借用佛教典故，用中国读者熟悉的芥子和须弥山指极小与极大。——译者附注

3 言下这位君子（The good in conversation）：指佩力克里斯。

何需听我说？请君拭目看。

哑剧

佩力克里斯与克里翁自一门边交谈边上，众扈从随上。一绅士自另一门上，携信一封交予佩力克里斯。佩力克里斯示之于克里翁。佩力克里斯赏赐送信者，授予其骑士勋位。佩力克里斯及其侍从自一门下，克里翁及其侍从自另一门下

高尔　　　　贤臣赫力堪纳斯留守家中，

不愿坐享其成如公蜂，

日日辛劳，除恶扬善尽其能。

遵照其主临别意，

泰尔诸般事，信中禀详情：

泰利阿德怀恶心，

伺机欲害君王命，

塔索斯不是久留地，

长此以往不安宁。

亲王闻言又登程，

从来海上不易行。

眼前风暴起，

上有惊雷声，

下有吞舟浪，

船裂使人无依凭。

贤王孑然无所有，

远近浮沉随波流。

侍从丧尽财物散，

空身一物不曾留。

直到天意懒捉弄，

幸生还，一浪抛之上岸头。

亲王那边来也，欲知后事如何，

老翁高尔告退，请听下文分说。 下

第一场 / 第五景

潘塔波利斯海岸

佩力克里斯上，全身湿透

佩力克里斯 彼群星兮怨愤，请勿怒兮天上！

风雷雨兮交加，怀世人兮莫忘，

人弱质兮俯首，诚怯懦兮仓皇，

吾本性兮羸弱，愿臣服兮仰望。

天哪，我随海浪触礁石，

进退逐波身欲丧，

心中唯一念——眼前命必亡。

君王遭洗劫，转眼财尽无，

愿彼神力已餍足，

浪推君王浮出水中墓，

只求命断在安宁处。

三渔人上

渔人甲 怎么样，"皮袄"[1]！

渔人乙 嗨，快一点过来把渔网给收了。

---

1 "皮袄"（Pilch）：对渔人乙的称呼，Pilch 意为皮革外套。——译者附注

渔人甲	"补丁裤"[1]，我说你说啥！
渔人丙	老大，你说什么哪？
渔人甲	赶快去！快点，要不然的话就给你一顿揍。
渔人丙	说真的，老大，我正想着那群可怜人，刚还从眼前漂过。
渔人甲	天哪，真是可怜，他们朝咱们呼喊求救，叫得那可真是惨啊，可那阵子咱们顾自己还来不及呢，现在想起来心里真是怪难受的。
渔人丙	老大，我当时看见海豚上蹿下跳，不就这么说啦？人说海豚一半是鱼一半是兽，可恶的东西，可别再出来，除非我想浑身湿透。老大，你说这鱼在海里怎么活？
渔人甲	唉，那就跟岸上的人一样呗：大鱼吃掉小鱼呗。要依我看啊，这世上那些抠门的富翁跟鲸鱼最像：它一边耍戏，一边还要翻滚扑腾，一群可怜兮兮的小鱼被它赶来赶去，最后就一口把它们都吞了。这样的鲸鱼我听说在陆地上也有，它那嘴总张着，能把整个教区都吞下去，什么教堂啊，尖塔啊，钟楼啊，什么都不落下。
佩力克里斯	（旁白）好比方。
渔人丙	可是老大，我要是个敲钟的，那天可不也在钟楼里呀。
渔人乙	怎么了，小子？
渔人丙	那它就要连我也给吞下去，我一到它肚子里就一个劲儿地咣咣咣敲钟，它就走不了，只好乖乖地把它吞下去的什么钟啊，尖塔啊，教堂啊，教区啊，统统都给吐出来！可要是咱们的好国王西蒙尼狄斯也像我这么想的话——
佩力克里斯	（旁白）西蒙尼狄斯？

---

1 "补丁裤"（Patch-breech）：对渔人丙的称呼。——译者附注

渔人丙	就会把那帮光抢蜜吃不干活的公蜂从这片地界上清除出去。
佩力克里斯	（旁白）谈论海里鳞鳍客， 渔夫言中人之恶。 借说水底王国事， 褒贬世间罪与德。—— （对渔人）各位打渔顺利，正派的渔夫。
渔人乙	"正派"？好家伙。那是个啥？它要是你的好日子，就从月历本上把它撕掉，谁也不会去找它！¹
佩力克里斯	你们可能看到海浪把我冲上了你们的海岸——
渔人乙	这大海都醉成什么样了，能把你一口吐到我们这儿来！
佩力克里斯	我这个人，饱受风与浪， 风浪抛我似球戏，大海如球场。 我本平生不求人， 今求你怜悯。
渔人甲	朋友，你不会求人讨要？在我们希腊这个国家，有的人靠伸手要饭挣来的家当比我们干活做工挣来的还要多哪。
渔人乙	那你会不会打渔？
佩力克里斯	我从来没干过。
渔人乙	唉，那你肯定就得饿肚子了，现如今的世道你要是不会下钩，² 那你就什么好处也别想捞得到。
佩力克里斯	过去我是谁，已经记不清，

1　它要是你的好日子……谁也不会去找它（If it be a day fits you, search't out of the calendar and nobody will look after it）：上文佩力克里斯的台词很可能漏了一行，他可能说了"日安"（good day）之类的话，才引来渔人乙这番玩笑式的答话。

2　下钩（fish for't）：双关语，既表示钓鱼，又暗示靠机巧、诈骗获得某物。

眼下是哪个，饥寒来相警。

我今寒气贯周身，血脉皆冰冷。

已无余力可支撑，

仅存一丝热气，只够开口来呼救。

君若不施救，只待我丧命，

姑念同为人，埋我于坟茔。

渔人甲	"丧命"，他真的是这么说的？老天不准哪，我这儿有件袍子。（递袍子给佩力克里斯）来穿上吧，让你也暖和暖和：穿好了，老天，还是个挺帅的家伙哪！来吧，你到我们家去吧。我们这里过节有肉吃，斋戒期间可以吃鱼，除了这些，其他日子还能吃到布丁和烤饼。欢迎你来我们这儿。
佩力克里斯	谢谢您，先生。
渔人乙	听着，朋友——你刚才说你不会乞讨？
佩力克里斯	我只是在请求。
渔人乙	只是请求？那我也当个请求的人好了，这就不会挨鞭子。
佩力克里斯	怎么，这么说你们这里的乞丐都要挨鞭子？
渔人乙	哦，不是所有的，朋友，不是所有。要是所有乞丐都挨鞭子，我能想到最好的差事就是当教区执事了。不过，老大，我要收网去了。

渔人乙与渔人丙下

佩力克里斯	淳朴的欢乐和他们的劳作，甚是相宜。
渔人甲	哎呀，这位先生，你知道自己现在在哪儿么？
佩力克里斯	不太知道。
渔人甲	好吧，我来告诉你：这里叫潘塔波利斯，我们的国王是好国王西蒙尼狄斯。
佩力克里斯	好国王西蒙尼狄斯，你们这样叫他？

渔人甲	是的，先生。他配得上这称号，他是个温和的统治者，治理得挺好。
佩力克里斯	他统治有方，臣民称颂他好人， 是很幸运的国王， 岸边离他宫廷有多远？
渔人甲	老天，先生，有半天的路程要走哪。我跟您说吧，他有个漂亮闺女，明天就是她生日。全世界各地有不少王子、骑士都赶来了，他们要骑马比武，打算向她求婚。
佩力克里斯	我的运气要是追得上我的欲望， 我倒想参加。
渔人甲	哦，先生，凡事要看命里有没有。如果得不到，男人尽可以出卖他老婆的灵魂，[1] 也不犯法。

二渔人拖网上

渔人乙	老大，搭把手！有条鱼挂在网上，就像穷人的合法权利在法网上挂着，都挺难出来。哎哟，好容易出来了，原来是一副生锈的铠甲。（众渔人将铠甲各部分从网中拉出）
佩力克里斯	朋友，是一副铠甲？求你们让我看看。 感谢命运，历尽磨难后， 你还是给我一点偿还。 尽管这是我旧物，是我家传。 本为先父遗赠，我父临终曾留严令： "佩力克里斯吾儿，善留此甲，

1　如果得不到，男人尽可以出卖他老婆的灵魂（what a man cannot get he may lawfully deal for his wife's soul）：get 有双关意，既指"得到"，也指"生养孩子，使妻子怀孕"；wife's soul 有双关意，既指"妻子的灵魂"，也指"妻子的私处"，因此"出卖他老婆的灵魂"可理解为出卖妻子的身体获得钱财。

此甲曾护我性命，"
先父指铠甲有言——
"甲曾救我汝须存，若遇处境有危难，
愿它助你得周全，天神佑你保平安。"
铠甲吾深爱，伴我不相离，
狂涛不可逃，失之怒浪里。
直至狂涛静，原物又赐回。
我今深谢汝，覆舟之劫非灾难，
先父遗赠失又还。

渔人甲	先生在说啥？
佩力克里斯	善良的朋友们，我要讨要这副宝贵的铠甲，
	因它曾是一位君王的护身之物。
	我看到标记就认了出来。那人曾经深深爱我，
	为了他我想要这铠甲，
	再请你们引我去王宫，
	我身着铠甲前去就像位绅士。
	我今牢记您恩义，
	时运济时当报还。
渔人甲	怎么，你要去比武求婚？
佩力克里斯	我要显一番身手。
渔人甲	哦，你拿去呗，天神保佑它给你好运。

（佩力克里斯披上铠甲）

渔人乙　　　哎，你听我说，我的朋友，这可是我们几个从那海浪的波
　　　　　　纹[1]里，把这副铠甲给拼起来的。总得意思意思吧，给点好

1　海浪的波纹（rough seams of the waters）：seams 指皱纹，此处用衣服上的皱纹比喻海浪的
　　纹路。

处，你日后要是发达了，可不要忘了是从这儿起头的。

佩力克里斯	相信我，一定会的。
	有你们帮助，我已有铠甲在身，
	虽然受尽风浪，
	这块宝物仍留在我臂上。
	凭它的价值，我可以购一匹良驹，
	跑起来蹄轻神健，
	会看得路人满心欢喜。
	只是，朋友，我还缺少
	一件底裳[1]——
渔人乙	我们肯定给你准备。用我最好的袍子给你做两副，我还要亲自带你去王宫。
佩力克里斯	让荣誉对我的志气挥鞭，
	成则东山再起，败则苦海无边。 众人下

第二场 / 第六景

潘塔波利斯

西蒙尼狄斯与泰莎及众侍从上

西蒙尼狄斯 比武就要开始，武士们可曾准备停当？

---

1 一件底裳（a pair of bases）：马上的骑士穿在下身的及膝裙。——原注；又译作"罩裙"，此处据中国古代"上衣下裳"的说法译为"底裳"。——译者附注

大臣甲	回禀主上，俱已准备停当，
	只等您驾临观战。
西蒙尼狄斯	告诉他们本王便来，
	比武专为庆祝公主生辰。
	公主正端坐，如美神之子
	造化诞生此女，供人端详赞叹。 一侍从下
泰莎	父王乐于过分赞美女儿，
	我其实愧不敢当。
西蒙尼狄斯	便要如此才恰当，上天依照自己的原型，
	造出王子公主以为雅范。
	珠宝无人理睬会失去光泽，
	贵胄不受尊仰亦会丢失好名声。
	女儿，现在你有光荣职责，
	接待上前呈示盾徽的各位骑士。
泰莎	为维护荣誉，我将照做。

骑士甲过场，其侍从向泰莎呈上盾牌

西蒙尼狄斯	第一位出场的是谁？
泰莎	敬告父王，是一位斯巴达骑士，
	他盾牌上的纹徽
	是个双臂伸向太阳的黑人 [1]，
	铭文是：汝之光明，为我性命。[2]
西蒙尼狄斯	他很爱您，视您为其生命。

骑士乙过场，其侍从向泰莎呈上盾牌

---

1 双臂伸向太阳的黑人（a black Ethiop reaching at the sun）：Ethiop 即埃塞俄比亚人，17 世纪用于泛指黑皮肤的非洲人。

2 此处铭文为拉丁语：*Lux tua vita mihi*.——译者附注

第二位出场的是谁？

泰莎　　　敬告父王，是一位马其顿王子。

他盾牌上的纹徽，

是臣服于一女子的戎装骑士。

铭文是西班牙语：非兵之利，乃以温柔。[1]

骑士丙过场，其侍从向泰莎呈上盾牌

西蒙尼狄斯　那第三位呢？

泰莎　　　第三位来自安提阿，

他的纹徽是一只武士花冠，

铭文是：荣誉引我一往无前。[2]

骑士丁过场，其侍从向泰莎呈上盾牌

西蒙尼狄斯　第四位拿的什么？

泰莎　　　一支头朝下的火炬，

铭文是：助燃者灭我。[3]

西蒙尼狄斯　这说的是，美色有力，亦有意志，

能使情生，能使身死。

骑士戊过场，其侍从向泰莎呈上盾牌

泰莎　　　第五位的是云中一只手，

握着金子，在试金石上验证。

铭文是：如此检验忠心。[4]

1　此处有疑问，铭文（*Piùe per dolcezza che perforza Piùe per dolcezza che perforza*）更接近意大利语，而非西班牙语。

2　此处铭文为拉丁语：*Me pompae provexit apex.*——译者附注

3　此处铭文为拉丁语：*Qui me alit me extinguit.*——译者附注

4　此处铭文为拉丁语：*Sic spectanda fides.*——译者附注

第六位骑士佩力克里斯过场，披锈甲，向泰莎呈上其所持之物 [1]

西蒙尼狄斯	最后这第六位雍容雅步，行礼如仪，
	他亲自呈上了什么？
泰莎	他像是异邦人，
	呈上一柄枯枝，只有梢头尚绿。
	铭文是：凭此希望而生。 [2]
西蒙尼狄斯	很妙的比方。
	他如今潦倒，
	希望靠你时来运转。
大臣甲	他需显出褴褛其外、金玉其中才行，
	这副模样实在不敢恭维。
	这寒碜样子不像个长枪武士，
	倒像个执鞭之士。
大臣乙	他肯定是个远来的，
	装束得如此古怪来参加比武盛会。
大臣丙	估计他特意让铠甲长锈，
	要在今日打磨一新。
西蒙尼狄斯	世俗观念愚弄，让我们以外貌
	判断人的内在品质。
	且住，骑士们入场了——
	我们去看台吧。 众人下
	（喊声雷动，众呼"寒酸骑士！"）

1　向泰莎呈上其所持之物（*He presents his own device to Thaisa*）：或许是真的树枝，因为佩力克
里斯没有盾牌。

2　此处铭文为拉丁语：*In hac spe vivo.*——译者附注

第三场 / 景同前

国王西蒙尼狄斯、泰莎、司仪官与比武归来众骑士上

西蒙尼狄斯　　诸位骑士，

欢迎之意已无须赘述。

把诸位的本领大书特书，

像卷册首页的赞誉之言，

想来非众位所望，也略嫌不妥，

因为才能在操演中已尽显无遗。

便请尽情欢乐，欢乐与盛宴相宜。

各位王子，是在下的贵客。

泰莎　　　　（对佩力克里斯）这位骑士与贵客，

胜利之冠献与您。

为您加冕，您是今天的幸运之王。

（戴花冠于佩力克里斯头上）

佩力克里斯　公主，在下侥幸得胜，并非技高一筹。

西蒙尼狄斯　不论你如何说，你是今日英雄。

我希望这没有引起在座诸位的嫉妒。

强中更有强中手，

为造人才，才艺之神便是如此筹谋。

您很受这位神的眷顾。来啊，宴会中的女王——

女儿——这里就座。

（对司仪官）司仪官，引众位按才艺等级入席。

众骑士　　　不胜荣幸，感谢贤王西蒙尼狄斯。

西蒙尼狄斯　各位光临令吉日生辉。我爱荣誉，

谁不爱荣誉便是怨恨天神

司仪官	（对佩力克里斯）先生，您的位置在那里。
佩力克里斯	还是另请别人坐为好。
骑士甲	别推让了，先生。我们都是绅士，
	不论心中还是眼里，
	都不会嫉贤妒能，也不倚势凌人。
佩力克里斯	各位都太客气了。
西蒙尼狄斯	请坐，先生，请坐。（众坐）
	（旁白）洞悉人心的天神啊，此事令我惊讶——
	只要想起那人，我简直无心饮食。
泰莎	（旁白）专司婚姻的天后啊，
	对着满席佳肴，我竟食不甘味，
	（对西蒙尼狄斯）只愿他成我盘中餐。——
	他的确是位英勇的绅士。
西蒙尼狄斯	他只是个乡间绅士，
	不比其他骑士高明多少，
	折断了对手个把长枪，如此而已。
泰莎	（旁白？）他于我就是钻石对玻璃。[1]
佩力克里斯	（旁白）在我看来，那国王恰似我父音容，
	当年贵胄聚如星，
	父王如日居当中，
	宝座众星环拱。
	旧时贵胄谒我父，光焰黯淡如小星，
	俯首脱金冠，尊前致礼敬。

1　他于我就是钻石对玻璃（To me he seems like diamond to glass）：英文中有谚语"diamonds cut glass"，意为钻石可切玻璃；参见《新剑桥版》此处注释。——译者附注

其子今日弱如萤，

黑夜尚有亮，日出无光明。

由此悟人世，时间为统领，

岁月能生人，亦可夺性命，

予夺随所欲，不听人祈请。

西蒙尼狄斯	各位骑士，是否开怀？
众骑士	躬领御前盛宴，怎不开怀？
西蒙尼狄斯	列位，美酒盈盏，
	请为意中人举杯。
	为您的健康干杯。（干杯）
众骑士	感谢大王盛情。
西蒙尼狄斯	且慢。那位骑士向隅不欢，
	仿佛我宫中诸般款待，
	都不堪与他相配。
	泰莎，你可曾留意？
泰莎	父王，这和我有什么相干？
西蒙尼狄斯	女儿呀，你要知道，
	君主在人间，便如诸神在天宫，
	但有朝觐者，须当慷慨施恩宠。
	君不施恩如蚊蠓，
	其声大噪，坠地才仅一小虫。
	因此对他殷勤招待，
	你对他说，本王为他满饮此盅。（干杯）
泰莎	啊，父王，我这样招呼
	一位陌生骑士，颇不合适。
	我自行上前他会嗔怪，
	女子殷勤致意，男人会觉鲁莽。

西蒙尼狄斯	怎么会？照我的话做，不然我要生气了。
泰莎	（旁白）天神哪，这可正中下怀。
西蒙尼狄斯	再告诉他，本王想问
	他的来处、姓名和出身。
泰莎	（对佩力克里斯）先生，我父王方才向您敬酒——
佩力克里斯	谢他美意。
泰莎	他祝您精神充沛，如美酒盈杯。
佩力克里斯	多谢令尊与公主。我向他献上衷心祝愿。
泰莎	此外，父王也想知道您是哪里人氏，
	姓甚名谁、家世如何？
佩力克里斯	我是泰尔的绅士，名叫佩力克里斯，
	自幼文武兼习，
	此番出门游历，
	海上遇险，船舰随从尽失，
	被浪涛带到此岸。
泰莎	（对西蒙尼狄斯）他谢您恩宠，
	自称佩力克里斯，泰尔绅士，
	因出海遇险，
	尽失船舰随从，才来到此地。
西蒙尼狄斯	诸神作证，我同情他的遭遇，
	愿把他从忧郁中唤醒。
	（对众骑士）先生们，我们在琐事上拖延太久，
	本该尽情欢庆。
	诸位现在身披铠甲，
	必能舞出勇士风范。
	切莫找借口来推辞——
	休说佳人必厌烦，乐声太高亢，

伊爱男子于鸾帐，亦爱武士着戎装。

众人起舞

这个提议果然奏效，他们兴致颇高。

（对佩力克里斯）先生，这位女士也想运动一番。

耳闻泰尔骑士

擅长携女士共舞，

而且身手不凡。[1]

佩力克里斯　经常跳舞的人才能如此，大王。

西蒙尼狄斯　哦，你这样否认，

可是过谦了。

（二人共舞）

请放开手，请放开手！

感谢诸位先生，各位舞姿优美，

（对佩力克里斯）而你独占鳌头。来人，

举烛火引骑士们各回住处！

本王已命人安排你在我隔壁住宿。

佩力克里斯　我愿遵您旨意。

西蒙尼狄斯　诸位王子，今日谈情说爱已太晚，

我知诸位此番是瞄准爱情而来。

一夜安歇且归宿，

明朝全力赴情场。　　　　　　　　　　众人下

1　耳闻泰尔骑士……而且身手不凡（And I have heard you knights of Tyre/Are excellent in making ladies trip,/And that their measures are as xcellent）: trip 既指舞步，也指女人失足；measures 既指舞步，也指男子追求女人的手段。

<h1 style="text-align:center">第四场 / 第七景</h1>

泰尔

赫力堪纳斯与埃斯卡涅斯上

赫力堪纳斯　　　不，埃斯卡涅斯，听我说——

　　　　　　　　　安提奥克斯乱伦罪难逃，

　　　　　　　　　天网恢恢终有报。

　　　　　　　　　诸神惩罚不容缓，

　　　　　　　　　罪名卓著恶昭昭。

　　　　　　　　　其人方享大荣华，

　　　　　　　　　宝车携女心正骄。

　　　　　　　　　忽然雷霆从天降，

　　　　　　　　　天火劈身尽烧焦。

　　　　　　　　　父女陈尸无人问，

　　　　　　　　　昔日敬之者，今为臭气恼，

　　　　　　　　　不肯善掩埋，袖手弃于道。

埃斯卡涅斯　　　奇哉怪也。

赫力堪纳斯　　　公理在于天，称雄亦枉然，

　　　　　　　　　终难逃神矢，

　　　　　　　　　为恶总须还。

埃斯卡涅斯　　　的确如此。

二三大臣上

大臣甲　　　　　看，不论是私谈还是公议，

　　　　　　　　　他只听这一人的意见。

大臣乙　　　　　不能再听之任之，不作抗争。

大臣丙	不和我们同心的人要受诅咒。
大臣甲	那么随我来。——（对赫力堪纳斯）赫力堪纳斯大人，借
	一步说话。
赫力堪纳斯	找我？愿闻其详。各位大人安好。
大臣甲	我等心中愤慨，如水涨溢，
	今日终将决堤。
赫力堪纳斯	各位因何愤慨？不要辜负各位爱戴的君主。
大臣甲	那也不要辜负您自己，高贵的赫力堪纳斯，
	吾王若还在世，让我们前去拜见，
	或者告诉我们他临幸何方。
	他若活着，我们要把他找到，
	他若离世，我们要知道他埋骨何处，
	我们要确知，他如在人世，便是我们的君主，
	如果已死亡，我等为他服丧，
	还要选举新王。
大臣乙	我们推测他极可能已经殒命。
	国中无主，便如大厦
	虽则堂皇却无顶，转瞬将覆倾。
	尊贵的大人，
	您最懂治国理政，
	我们因此推举您把君位继承。
众人	万岁，尊贵的赫力堪纳斯！
赫力堪纳斯	请坚守忠信，不要再推举我！
	诸位如爱佩力克里斯，还请忍耐莫推选。
	我若顺从诸君意，便似纵身海浪间，
	须得一时辰痛苦，换取一分钟安然。
	求君安忍十二月，

静待国王再一年。
他若逾期不回转，
我拼老迈躯，勉力来驾辕。
君若不信服，自可驾征鞍。
效法忠臣贤士，为寻君主历万难，
尽显忠诚勇敢。
若能寻见，劝王归还，
诸君便如钻石，永远镶嵌在王冠。

大臣甲　　　不听智慧言语便是傻瓜。
既然赫力堪纳斯大人指示，
我们就登程尝试。

赫力堪纳斯　　精诚相与手相携，
侪辈同心国永固。　　　　　　　　　　　　众人下

第五场　　/　　第八景

潘塔波利斯
国王西蒙尼狄斯从一门上，读信，众骑士上前觐见

骑士甲　　　贤王西蒙尼狄斯早安。

西蒙尼狄斯　各位骑士，有条来自女儿的讯息
请诸位知晓——
她在十二个月内不会成婚，
原因她守口如瓶，

不论我如何询问。

骑士乙　　我们不能见她，陛下？

西蒙尼狄斯　是的，无论如何见不到，

她坚决不出闺门一步。

一年内她将着狄安娜信徒的素妆，[1]

已在月神眼前起誓，

以贞节保证绝不食言。

骑士丙　　虽万般不愿，我等只好告辞。　　　　　众骑士下

西蒙尼狄斯　好，他们都被遣走了。

现在看看女儿的信。

她说要么嫁给那位异乡骑士，

要么从此永远不见天日。

好啊，姑娘，咱们的选择一致。

吾心甚悦！只是女儿太决绝，

全不顾父亲意见。

女儿选择我深赞，

此事不容再迟延。

且慢，那人正走近——我且假意试探一番。

佩力克里斯上

佩力克里斯　愿贤王西蒙尼狄斯一切如意。

西蒙尼狄斯　愿君如意。我深谢先生

昨夜一曲雅奏，

谐如天籁，

真闻所未闻。

1　她将着狄安娜信徒的素妆（she'll wear Diana's liver）：意为她将保持处女的贞节；狄安娜是
狩猎、贞节之神和月神，亦与生育及巫术相关。

佩力克里斯	陛下谬赞，
	我实愧不敢领。
西蒙尼狄斯	先生是乐坛巨匠。
佩力克里斯	贤王过奖，我是乐神手下最差的小徒。
西蒙尼狄斯	有一事问你——
	你认为小女如何？
佩力克里斯	公主极为贤淑。
西蒙尼狄斯	她也算美丽，不是么？
佩力克里斯	美如夏天丽日，令人惊艳。
西蒙尼狄斯	先生，小女对你印象极佳，
	所以你定要做她的导师，
	让她做你的学徒。请考虑。
佩力克里斯	在下不配做公主教师。
西蒙尼狄斯	她不这样想。如不相信，请看她写的信。（递过一信）
佩力克里斯	（旁白）这是何物？
	（读信）信中说她爱泰尔的骑士。
	定是国王设计害我！
	（对西蒙尼狄斯）大王仁德莫害我，
	落魄异乡一士绅，
	未敢高攀爱公主，
	只求效力敬伊人。
西蒙尼狄斯	你已迷住我女心窍，
	你本是恶人。
佩力克里斯	天神作证，我不曾！
	心不曾动念，
	身不曾起行，
	从未求公主之爱，逆大王之意。

西蒙尼狄斯	你这无义之徒在说谎。
佩力克里斯	无义之徒?
西蒙尼狄斯	就是无义之徒。
佩力克里斯	叫我无义之徒的人倘不是国王,
	我定要把这斥骂奉还。
西蒙尼狄斯	(旁白)天神作证,我赞赏他的勇气。
佩力克里斯	我行我想俱高贵,
	从无卑陋与染污。
	吾来此邦为荣耀,
	非为扰惊贵国土。
	旁人若侮我清白,
	拔剑相搏卫荣誉。
西蒙尼狄斯	不是那样?
	我的女儿来了,她可以作证。

泰莎上

佩力克里斯	(对泰莎)您容貌美丽兼有德,
	令尊正怒目,请您陈说,
	在下可曾有舌尖一语,手底一字,
	向您示爱求近香泽?
泰莎	呀,先生,即便您曾做过,
	正中我心意,谁会怒不可遏?
西蒙尼狄斯	好啊,姑娘,你心意这么坚决?
	(旁白)我全心高兴! ——
	(对泰莎)我要教训你,让你服从命令。
	没有我的应允,
	您会对一个异乡人送上爱情?
	(旁白)这人我猜——我想一定如此,怎会不如此猜测

　　　　　　——和我一样血统高贵，

　　　　　　（对泰莎）所以听着，姑娘，

　　　　　　要么克制欲望，听我命令

　　　　　　——先生，你也如此——

　　　　　　要么听我命令，要么我让你们结为夫妇！

　　　　　　（把二人手相合）

　　　　　　你们要手相握，唇相吻，印证婚约。

　　　　　　你们已订婚，我要让你们希望破灭。

　　　　　　（扯开二人之手）

　　　　　　还要让你们伤心——愿上天赐予你们快乐！

　　　　　　（再把二人手相合）

　　　　　　两位可满意？

泰莎　　　　是。倘若先生爱我？

佩力克里斯　爱您如生命爱那滋养它的血液。

西蒙尼狄斯　那么，两人都同意了。

二人　　　　是的，倘若您恩准。

西蒙尼狄斯　吾心欢喜今欲狂，

　　　　　　速成大礼入鸾帐。　　　　　　　　　众人下

第 三 幕

致辞 / 第九景

高尔上

高尔   欢声歇，睡意浓，

殿宇悄悄唯鼾声。

豪奢婚宴人饕餮，

醉后鼻息似雷霆。

猫眼晶莹映炭火，

自顾高卧远鼠洞。

促织欢乐壁炉上，

虫爱干爽唱声声。

许门 [1] 来引导，新娘入帐中。

不复处子身，珠胎已结成。

且说时光流转快，

还需看官想象其详情，

哑剧表演未尽处，

我将说分明。

哑剧

佩力克里斯与西蒙尼狄斯及侍从自一门上。一信差来见，跪呈佩力克里斯一信。佩力克里斯示之于西蒙尼狄斯，众臣向佩力克里斯下跪。已怀孕的泰莎上，携乳母利科丽达上。西蒙尼狄斯给公主看信，公主面露喜色。公主与佩

---

1   许门（Hymen）：罗马神话中的婚姻之神。

力克里斯辞别其父，携利科丽达及众侍从离去，西蒙尼狄斯及扈从下

高尔　　　泰尔群臣历千里，

　　　　　　苦寻亲王佩力克里斯。

　　　　　　无处不曾踏足迹，

　　　　　　天涯四隅尽求访。

　　　　　　宵衣旰食散千金，

　　　　　　不惜良驹与舟舫。

　　　　　　远寻终得讯息通，

　　　　　　传书西蒙狄尼斯王宫。

　　　　　　泰尔诸臣信中语——

　　　　　　安提奥克斯父女俱命终。

　　　　　　泰尔众人执王冠，

　　　　　　欲加赫力堪纳斯头顶。

　　　　　　王冠赫力不肯受，

　　　　　　即刻平息变乱声。

　　　　　　与众约期十二月，

　　　　　　君王若不踏归程，

　　　　　　赫力便遂众人愿，

　　　　　　加冠即位皆顺从。

　　　　　　音信传至潘塔波[1]，

　　　　　　人人拍手声高扬：

　　　　　　"储君本自是国王[2]，

　　　　　　这般奇事谁曾想？"

1　即潘塔波利斯。——译者附注

2　储君本自是国王（Our heir apparent is a king）：指佩力克里斯是西蒙尼狄斯王位的继承人。

闲言少赘述，

佩力即刻须还乡。

王后虽有孕，

执意同行，无人可阻挡。

且不说离愁别绪万千行，

公主携乳母，

登舟越重洋。

船舰抖簌簌，海神兴波浪，

航行过半逢天怒，命运倏忽转沧桑。

朔风吐浩荡，

风暴卷苍茫。

舟船几如溺水鸥，

沉浮争命实仓皇。

公主哀叫惊胎儿，

即刻临盆甚惊慌。

欲知风浪之后事，

台上自会演分明，

不需我来说一番；

我之言语道不清，

氍毹[1] 场中更好看。

请君骋遐思，舞台为甲板，

身经大风浪，

佩力克里斯欲开言。   下

---

1 氍毹（action）：此处指表演。——原注；译文借用中国传统戏剧用语，用氍毹（qú shū）指
　代舞台。——译者附注

第一场 / 第十景

一海船上

佩力克里斯上，立于甲板

佩力克里斯　　海之神兮疆域宽，求息浪兮止波澜，

　　　　　　　　彼地狱兮天堂，汝冲击兮涤荡。

　　　　　　　　有神祇兮呼风，出海底兮飙升，[1]

　　　　　　　　求锁风于铜壁！又隆隆兮雷击。

　　　　　　　　耳欲聋兮告祈，望雷霆兮平息。

　　　　　　　　盼天神兮慈祥，收迅雷兮止电光！[2]

　　　　　　　　利科丽达啊，王后可好？（呼唤）风暴你好狠毒，

　　　　　　　　难道要把你的雷电一次全倾泻？

　　　　　　　　水手的号子像传入死人之耳，

　　　　　　　　全都听不见。利科丽达！——（呼唤）路西娜神啊！

　　　　　　　　最神圣的护佑者，温柔的产婆，

　　　　　　　　你慰藉夜间号啕的产妇，你来呀，

　　　　　　　　请降临这浪中起舞的舟船，

　　　　　　　　让我那王后一路顺畅分娩，少受痛苦！利科丽达！

利科丽达抱婴儿上

利科丽达　　　这么小怎能在这种地方存活，

　　　　　　　　婴儿若有知，定要死去，

　　　　　　　　便像我如今不愿再活。

1　此处应指风神埃俄罗斯（Aeolus）。
2　此处佩力克里斯应是在向掌管雷电的乔武祈祷。

请您抱着已故王后留下的骨肉。

佩力克里斯 什么？什么，利科丽达？

利科丽达 愿您坚忍，好主子，别再助长风暴[1]。

这是王后留下的唯一生命，

一个小女儿。为她的缘故，

请鼓起勇气，千万要节哀。（递婴儿给佩力克里斯）

佩力克里斯 众神啊！

神之赐，使人深深爱恋，

转瞬间，怎又生生夺去？

下界俗人，献礼从来不收回，

诸神待人，也须诚信。

利科丽达 好主子，为孩子着想，您要坚忍。

佩力克里斯 （对婴儿）愿你一生平静，

哪个婴孩在更猛烈的风暴中降生？

愿你一生安适，

哪曾有王室子嗣，

像你迎着惊涛艰难出世？

愿你今生永无灾难，

天地发威，地水火风用尽手段，

在浪嚣风啸时把你引出娘胎，带到人间。

人生伊始，你已身经大丧，

穷尽一生也难补偿。[2]

天上诸神善良，请垂青眼，多赐孩儿眷顾恩赏！

二水手上

---

1 风暴（the storm）：指哭号。
2 指丧母之痛难以弥补。

水手甲	陛下可有勇气？上帝保佑您！
佩力克里斯	我有足够的勇气，不怕风浪叫嚣。
	最危险的风浪我已然经历，
	只为这初为海客的柔弱婴儿，
	我盼望风浪平息。
水手甲	松开那帆索！你这风暴不肯松手？吹吧，把你自己吹破。
水手乙	只要能容咱这船掉个头，那海浪喷上去跟月亮亲嘴，我也不在乎。
水手甲	陛下，您的王后必须得抛进海里。这一浪高似一浪，这风呼呼地吹，如果死人不扔下船，风浪是止不住的。
佩力克里斯	是你们迷信。
水手甲	陛下请恕罪。这是海上的老规矩，我们从来没有半点违背。所以请您即刻抬出王后，必须马上抛下海。
佩力克里斯	按你们说的办。不幸之极啊，王后！
利科丽达	她躺在这里，陛下。（让佩力克里斯看到王后遗体）
佩力克里斯	（对泰莎）你在分娩中遭了大难，我的爱人。
	全无天光与火烛，
	天地太无情，置你于不顾。
	未行圣教礼，匆匆入坟墓，
	直沉汝身入海泥，仓皇不得棺木。
	下葬少墓碑，长明灯也无，
	弃与喷水鲸，波浪冲尸骨，
	相依唯贝壳，身旁无他物。
	利科丽达啊，
	让涅斯托耳[1]给我香料与纸墨，

1　涅斯托耳（Nestor）：古典神话中一位睿智的老国王。

拿来匣子和珠宝；

再让尼坎德[1]拿给我绸缎箱子。（递给利科丽达婴儿）

让婴儿睡在枕上。速去。

趁我祝祷一番向她告别。快去啊，女人！　　利科丽达下

水手乙　　　陛下，我们在舱下有只密封的箱子，涂过沥青能防水。

佩力克里斯　谢谢你，水手。这是哪方海岸？

水手甲　　　快到塔索斯了。

佩力克里斯　好水手，改变航线，先不朝泰尔走了。

几时能到塔索斯？

水手甲　　　要不刮风，天亮就能到。

佩力克里斯　朝塔索斯前进吧！

我要去访克里翁，这婴儿经不得风浪。

把她留托此地精心喂养。

朝那里去吧，好水手。

我即刻送出尸体。　　　　　　　　　　　　众人下

第二场　　/　　第十一景

以弗所

大臣赛利蒙及一仆人上，暴风雨中又一幸存者亦上

赛利蒙　　　费利蒙，来！

1　尼坎德（Nicander）：希腊诗人、医生、文法学家。

费利蒙上

费利蒙　　　老爷叫我？

赛利蒙　　　给这些可怜人点上火，拿些肉来。　　　　　费利蒙下
　　　　　　　昨夜风暴真猛啊。

仆人　　　　风暴见过不少，
　　　　　　　这么厉害的还是头一遭见。

赛利蒙　　　（对仆人）你们回去前，你主人恐怕已经死了。
　　　　　　　对他的身体实在没办法医治。——
　　　　　　　（对另一人）拿这个去药铺，
　　　　　　　再来告诉我效果怎样。　　　　除赛利蒙外众人下

两绅士上

绅士甲　　　早安。

绅士乙　　　大人早安。

赛利蒙　　　两位为何早早起床？

绅士甲　　　大人，我们的房子在海边没遮没挡，
　　　　　　　昨晚颤得像地震一样。
　　　　　　　房梁像要折断了，
　　　　　　　整个房子都要塌下来。
　　　　　　　我就是因为惊恐才从屋中跑了出来。

绅士乙　　　为此原因我们一早来打扰您。
　　　　　　　不是因为我们勤勉。

赛利蒙　　　您好会说话。

绅士甲　　　我倒是惊叹，大人钟鸣鼎食，
　　　　　　　怎会这样早起身，
　　　　　　　撇开香甜美梦。
　　　　　　　令我惊讶的是，您并非迫不得已，
　　　　　　　却情愿辛苦操劳。

赛利蒙	我向来认为，
	上天赐人美德与技能，
	远胜高贵出身和财富。
	浪荡儿孙辱没门楣，挥霍家财，
	美德与技术却长存不朽，
	使人跻身神明之列。
	众所周知，我学医多年，
	饱读典籍，兼有实践，
	掌握些玄奥的医理，
	懂得草木金石之药性，
	据此行医，能够诊断病源，
	对症下药，妙手回春。
	这种探索给我真正的满足，
	远胜追逐摇摇欲坠的虚名，
	或追求金银满囊的乐趣，
	愚人爱金银，待到撒手人寰，
	财产全要留给死神。
绅士乙	大人恩泽遍布以弗所，
	数百人性命得您挽救，
	他们都感您再造之德。
	您既付出才学、辛劳，
	又总慷慨解囊，
	赛利蒙大人的盛名是有口皆碑，
	永不——

二三人抬棺木上

赛利蒙之仆人	就放在这里。
赛利蒙	这是什么？

赛利蒙之仆人	老爷，就在刚才，
	海浪把这箱子冲上岸，
	是沉船的遗物。
赛利蒙	放下，咱们看看。
绅士乙	大人，这像口棺材。
赛利蒙	不管是什么，它不是一般地沉重。
	快撬开看看。
	要是大海肚中吞金太多，
	命运让它吐上来一些，对我们倒是好事。
绅士乙	确实如此，大人。
赛利蒙	这箱子封得好紧，沥青涂得好严实！
	是海水冲上来的？
赛利蒙之仆人	老爷，从没见过那么大的浪头，
	把它推上岸了。
赛利蒙	撬开。
	慢点，我闻到一股极美妙的香气。
绅士乙	很雅致的香味。
赛利蒙	我从没闻过这样的香气。把它打开。（众人开箱）
	万能的神啊！这是什么？一具尸体？
绅士乙	太神奇了！
赛利蒙	殓衣是王室用料[1]，涂了香膏，
	用袋袋香料盛殓，还有说明身份的文书！
	阿波罗[2]，请让我读懂字句：

1 王室用料（cloth of state）：原指遮盖王座的华盖用的布料，此处指配得上王后身份的殓衣用料。
2 阿波罗（Apollo）：希腊和罗马神话中的医药、学识与音乐之神。

（念）

"棺若漂流岸上，

容我禀明就里。

我乃国王佩力克里斯，痛失吾爱妻，

王后甚高贵，举世财宝难相比。

若有人寻得，葬之坟墓里。

出身国王女，妻本是贵裔。

棺中宝物作谢仪，

诸神更酬君恩义。"

佩力克里斯若幸存，愁心定会破碎支离。

这是昨晚的事么？

绅士乙　　　　大人，很可能是。

赛利蒙　　　　没错，定是昨晚。

看她面色鲜润，抛她入海太仓促了。

里面生堆火，

把我内室所有的药箱都拿来。　　　　　　　　一仆人下

死神可以篡夺生命几个时辰，

而生命之火

会使元气复苏。[1]

我曾听说有埃及人假死九个时辰，

高超医术令他起死回生。

一人携布巾、火把上

干得不错，不错——火把和布巾。

请演奏一曲凄厉伤感的音乐，有劳。（音乐起）

1　生命之火 / 会使元气复苏（And yet the fire of life kindle again/The o'er-pressed spirits）：在中
世纪和早期现代医学认为人体内有一种生命能量（spirits），遍布血液与器官。——原注；为
贴近中国读者习惯，此处将 spirits 译为"元气"。——译者附注

提琴再奏一遍——你怎么慢吞吞，像块木头！

奏乐！请让开，给她透点空气。（音乐再起）

各位，这个王后能活命，

造化又给了她暖暖的呼吸！

她昏迷不超过五个时辰。

瞧她又开始绽放生命之花。

绅士甲　神天借您妙手，令人惊叹，

君之美名不朽，流芳万年。

赛利蒙　她活过来了！看她的一双眼睑仿佛宝匣，

深藏美目如神珠，双珠方才离佩力，

睫毛恰如金流苏，开如宝匣欲初启。

双目如钻石，眸光甚清丽，

顿使人间增富贵。

苏醒啊，美人，愿垂泪听你诉遭际，

看来世间无人可与你相比。（泰莎身动）

泰莎　哦，狄安娜神啊，我在何处？夫君何在？

这是哪里？

绅士乙　岂不是太稀奇了？

绅士甲　甚是罕见。

赛利蒙　嘘，各位友邻。

帮我把她抬到隔壁。

拿褥单来。必须小心谨慎，

如果再昏迷可保不住性命了。

来，来，求阿斯克勒庇俄斯[1]指引。

众人抬走泰莎，下

1　阿斯克勒庇俄斯（Aesculapius）：希腊罗马神话中的医神（阿波罗之子）。

第三场 / 第十二景

塔索斯

佩力克里斯携怀抱玛丽娜之利科丽达与克里翁、狄奥妮莎上

佩力克里斯	尊敬的克里翁,我必须启程了。
	眼看十二个月期满,
	如今泰尔动荡不安。
	我对贤伉俪满心感激,
	言不尽意,愿天神代为报偿。
克里翁	您的坎坷遭遇,虽使您几乎丧命,
	却令我们深深感叹。[1]
狄奥妮莎	您那可爱的王后!
	真希望严酷的命运肯开恩,
	使您带她同来,让我有福一睹丰姿。
佩力克里斯	我们别无选择,只能听天由命。
	就算我能像她栖身的大海一样咆哮,
	结果也不会改变。我这幼小的孩子玛丽娜,
	因为生在海上,我便起了这名字。[2]
	我把她托付你们,求你们慈悲抚育。
	拜托你们让她受公主的教养,
	令其举止谈吐与出身相宜。
克里翁	亲王不要担心,请您想想,

---

1 却令我们深深感叹(Yet glance full wond'ringly on us):原文 wond'ringly(感动、惊叹)一词有的版本写作 woundingly(伤害)。——译者附注

2 "玛丽娜"(Marina)这一名字源自拉丁语 *mare*,意为"海之子女"。

当年阁下赠粮赈我灾荒——
国人至今为您晨昏祝祷——
必然因之善待您的孩子。
就算我有疏忽懈怠之处，
那些受您救助之人，必督促我尽责。
倘若我心性不良，竟需鞭策，
就让天神降罪于我，
惩罚我世代子孙。

佩力克里斯　我相信您。无须起誓，
您的信誉和美德使我深信。
夫人，以我们共同信奉的狄安娜神起誓，
她出嫁前我决不修剪头发，
任凭自己首如飞蓬。我告辞了。
好夫人，求您慈悲垂怜，
照顾我的孩子。

狄奥妮莎　我自己也有一个孩子，
大人，我定把您的孩子
视如己出。

佩力克里斯　夫人，在下感激不尽，为您祈祷。

克里翁　我们送您到岸边，
看您驶向暂时偃风息浪的大海，
驾着最温和的惠风。

佩力克里斯　我愿接受您的盛情，请，最亲爱的夫人。——
（对利科丽达）哦，利科丽达你别哭，别哭了！
好好照料小姐，今后你要依靠她这个主人了。——
阁下请。

　　　　　　　　　　　　　　　　　　众人下

第四场 / 第十三景

以弗所

赛利蒙与泰莎上

赛利蒙　　　夫人，您棺中有这封信，
　　　　　　　还有一批珠宝，都是您的财产。
　　　　　　　（出示书信）您认得这笔迹么？

泰莎　　　　是我夫君的字迹。
　　　　　　　我记得在船上临盆，
　　　　　　　至于是否产下婴儿，却不清楚。
　　　　　　　但从此再也见不到
　　　　　　　我的结发之夫佩力克里斯王了。
　　　　　　　我愿穿上修女的素袍，
　　　　　　　永诀人间欢乐。

赛利蒙　　　夫人，您若真想如此，
　　　　　　　狄安娜神庙就在不远处，
　　　　　　　在那里，您可终身居住。
　　　　　　　您若愿意，我还有一侄女
　　　　　　　可陪同服侍。

泰莎　　　　感恩莫名，无以报还，
　　　　　　　涌泉思谢，却只一言。　　　　　　　　同下

第四幕

致辞 / 第十四景

高尔上

高尔　　佩力克里斯已回泰尔，
　　　　　众臣欢迎，诸事安顿，顺心合意。
　　　　　其妻满怀忧愁，
　　　　　居以弗所，狄安娜神殿前，做一祭司。
　　　　　闲言少叙，时光飞逝，[1]
　　　　　且说玛丽娜，
　　　　　身居塔索斯，
　　　　　受克里翁教导，研习音乐，
　　　　　此女学养深厚，满腹才藻，
　　　　　引得人人瞩目，个个称颂。
　　　　　可叹嫉妒恶魔，
　　　　　常要迫害别人应得的美誉，
　　　　　阴谋毒剑，正逼近玛丽娜的性命。
　　　　　下面就是详情：
　　　　　克里翁有女，
　　　　　长大成人，
　　　　　年已及笄，
　　　　　闺名菲罗丹。

1　此幕与上一幕相隔十四年。

她与玛丽娜，

确曾形影不离。

或轻抬纤纤玉指，

纺织丝线；

或捻起细细银针，

刺穿薄纱，

绣出花样巩固纱布；

或抚琴歌吟，

让惯唱哀愁的夜莺黯然闭口；

或提笔挥毫，

用华丽诗句向女神狄安[1]致敬。

无论何时，菲罗丹总要

与无双的玛丽娜争强，

仿佛乌鸦与帕福斯的白鸽[2]比其雪翼。

一切美誉皆为玛丽娜所得，

绝非溢美之言，

却是应得的称赞。

如此一来，菲罗丹诸般优点，

都相形见绌，

引得克里翁之妻妒火冲天，

为使女儿一枝独艳，

她预谋杀害好姑娘玛丽娜。

乳母利科丽达死后，

1　狄安（Dian）：即狄安娜。——译者附注

2　帕福斯的白鸽（dove of Paphos）：指献给维纳斯（Venus）的白鸽，维纳斯诞生于塞浦路斯的帕福斯（Paphos）附近的海浪中。

她的毒心更是高涨。
恶毒的狄奥妮莎安排了杀手，
逼他执行这酝酿已久的
谋杀行动。此事究竟如何，
我邀众位观瞧。
我这蹩脚的诗行，
带着腋生双翼的时间飞驰，
诸位若不随我想象，
我怎能描述这些情景？
狄奥妮莎那边来了，
身边是杀手里奥宁。

下

第一场 / 第十五景

塔索斯

狄奥妮莎及里奥宁上

狄奥妮莎　　记住你发的誓，你可说定了要干。
只消出手一击，并无旁人知晓，
世上还有什么事，能像这样转眼就挣到一大笔钱？
你良心方才冷却下来，
不要让它又燃起你的怜爱之情，
也别因同情而心软，连妇女都不滥施同情，
你要像个战士那样义无反顾。

里奥宁	我一定照办，不过她是个很好的人。
狄奥妮莎	那让她去陪伴天神更合适。
	她来了，正为她唯一的乳母死了啼哭呢——
	你决定了？
里奥宁	我决定了。

玛丽娜携一花篮上

玛丽娜	我欲尽夺忒路斯[1]，
	缀汝坟上青青草，遍撒黄蓝瓣，
	更有金盏、紫罗兰，
	尽此夏日，满地铺陈如绣毯。
	我何不幸，天涯孤女。
	降生风雨夜，娘亲别人寰。
	天地于我如风暴，无时无刻得豁免，
	卷我入漩涡，亲眷一一隔人天。
狄奥妮莎	玛丽娜，你怎么独自一人？
	我女儿没和你一起？
	别再唉声叹气伤身损血，[2]
	把我当作保姆好了！
	天哪！悲伤于身心无益，容颜都改变了。
	把花给我，你和里奥宁去海边走走。
	岸边空气清新，
	可以爽神开胃。
	里奥宁你过来，扶着她手臂，陪她散步。

---

1 忒路斯（Tellus）：罗马神话中的大地女神。
2 别再唉声叹气伤身损血（Do not consume your blood with sorrow）：当时人认为叹气（sorrowing）会消耗血液，损害健康。

玛丽娜	哦不，我可不能占用您的仆人。
狄奥妮莎	行了，行了。
	我敬爱你的父王，视你便如亲人。
	我们每日候望你父王到来，
	他来此看到有口皆碑的完美姑娘，
	竟这般憔悴，
	必然后悔自己远隔重洋，
	责怪我们夫妻二人，
	没有尽心照料你。
	请您去吧，散步宽怀，
	恢复绝美的气色，
	吸引全城老少的目光。
	不用担心我，我可以自己回家。
玛丽娜	好的，那我去了。
	不过我其实不想去。
狄奥妮莎	好了，我肯定这对你有好处。
	里奥宁，至少走上半小时。
	记得我说的话。
里奥宁	我向您保证，夫人。
狄奥妮莎	我先走了，亲爱的好姑娘。
	请慢点散步，不要走得身上太热。
	哎呀，我必须为你操心。
玛丽娜	谢谢您，亲爱的夫人。—— 狄奥妮莎下
	这刮的是西风么？
里奥宁	是西南风。
玛丽娜	我出生的时候刮的是北风。
里奥宁	是么？

玛丽娜	我的乳母说，父亲当时一点不怕， 他一边朝水手喊"好伙计们"， 一边亲手拉缆绳，磨破了皮肉， 当时他攀着船上桅杆， 经受着快要劈开甲板的海浪。
里奥宁	什么时候的事？
玛丽娜	我出生的时候。 以前从没见过那么大的风浪。 在船索上爬的人，被风浪从绳梯掀下来， 有人问他，"嗨，你下去了？" 他们湿淋淋地从船头跑到船尾， 水手长吹号子，船长声嘶力竭地喊叫， 船上愈发一片混乱。
里奥宁	好了，您做祷告吧。
玛丽娜	您是什么意思？
里奥宁	您要是需要一点时间做祷告， 我可以答应。可是别念得太久， 天神的耳朵很灵， 我也起过誓要立刻办完。
玛丽娜	您为什么要杀我？
里奥宁	听夫人的命令。
玛丽娜	怎么，是她让人杀我？ 上天作证，我不记得冒犯过她， 从来没有。 此生从未出恶言， 未有恶行害生灵。 恳请相信我，不曾伤鼠蝇。

　　　　　　　　偶有无心踏蝼蚁，吾必为之泣。

　　　　　　　　我有何事曾冒犯？

　　　　　　　　我生怎会侵害伊？

　　　　　　　　我死于她又何益？

里奥宁　　　我的使命不是来评判是非，

　　　　　　　而是动手执行。

玛丽娜　　　我希望您无论如何不要下手。

　　　　　　　您相貌很好，这长相说明您有颗仁慈的心。

　　　　　　　我最近见到，您为给两人劝架受了伤。

　　　　　　　这的确显示您心地善良。

　　　　　　　现在您再这样做好么：

　　　　　　　夫人要害我，您挡在中间，

　　　　　　　救救我这弱小的一方。

里奥宁　　　我已经起誓，必须动手。（抓玛丽娜）

众海盗上，里奥宁逃走

海盗甲　　　别跑，恶棍！

海盗乙　　　得了件好货，一件好货！

海盗丙　　　见者有份，伙计们都有份！来，快把她拉上船。

　　　　　　　　　　　　　　　　　　　众海盗拖玛丽娜下

里奥宁上

里奥宁　　　这帮恶贼是海盗头子瓦尔迪兹[1]手下的，

　　　　　　　他们掠走了玛丽娜。让她去吧，

　　　　　　　她肯定有去无还——我就说她死了，

　　　　　　　被扔进大海。不过我要再去查看。

1　瓦尔迪兹（Valdes）：可能指 1588 年西班牙无敌舰队的司令佩德罗·德·瓦尔迪兹（Pedro de Valdes）。

也许他们只是淫乐一番，没带她上船。

她要是活着，被海盗夺了贞操，

我必须了结她性命。 下

第二场 / 第十六景

米蒂利尼

三老鸨¹［妓院老板、鸨母与勃特］上

妓院老板	勃特。
勃特	老板。
妓院老板	去市场上仔细找找，如今米蒂利尼满是风流哥儿，咱们的女孩子供不上，真是亏大了。
鸨母	从没这么缺人手。咱们就那仨人，也只能就这么应付着，她们反反复复接客，都染上病了。²
妓院老板	那就要进新人，不论出多高的价。干哪行要是不讲良心，都发不了财。
鸨母	你说得对。倒不是为养了那些可怜的私生子——我想我自己大概就已经养了十一个——
勃特	是啊，等到了十一岁，再拉他们下水。我去市场上找找？

---

1 英文 bawd 一词既可指男性，也可指女性；Pander 是男性老鸨的典型名字，源自给特洛伊罗斯（Troilus）和克瑞西达（Cressida）牵线的潘达洛斯（Pandarus）；bolt 本义为枪弹或门栓，两者都隐喻生殖器；bolt 用作动词时表示"筛"。

2 都染上病了（even as good as rotten）：rotten 此处指得病，rot 指性病。

鸨母	还能怎么着，伙计？咱们手里那几个，一阵风都能给刮散架。他们病得都糟了。
妓院老板	你说得对，说良心话，她们太不干净。那个特兰西瓦尼亚人跟那小贱人睡了一觉就死了。
勃特	她那么快把花柳病传给那人，把他当一顿美餐给虫子送去。不过我还要去市场上找找。　　　　　　　　　　下
妓院老板	有三四千金币能过上消停日子，就可以洗手不干了。
鸨母	我得问问您，干吗洗手不干？上年纪了干这个丢人吗？
妓院老板	哎，咱挣了钱不一定挣得着名声，担了风险也不一定挣得着钱，所以，要是趁年轻攒下点家当，关门大吉倒不是错。况且，咱这是伤天害理的营生，不干了倒好。
鸨母	行了，干别的生意不也跟咱们一样糟糕。
妓院老板	跟咱们一样，他们比咱们强。咱们可糟糕呢。咱这不是什么生意，根本不算个行当。勃特来了。

勃特引众海盗及玛丽娜上

勃特	各位好汉，这边请。你们说她是处女？
海盗甲	先生，肯定没问题啊。
勃特	老板，我为这丫头片子砍了半天价，您要是中意，那就行了，要不然，我那定金可就白扔了。
鸨母	勃特，她好在哪里？
勃特	她脸蛋漂亮，能说会道，穿得特别讲究，简直要什么有什么。
鸨母	勃特，她卖多少钱？
勃特	一千，一分都减不下来。
妓院老板	好，各位好汉跟我来，我马上付钱。老婆，带她进去。教给她该怎么做，免得接待客人的时候显得生涩。

妓院老板与众海盗下

鸨母	勃特，你记住她的样子——包括她的头发颜色，她的肤色，身高，还有年龄——就说保证是处女，现在出去喊一声："谁出价高谁先得。"要是男人没变样，这种处女可不便宜。去按我说的办。
勃特	我去办。　　　　　　　　　　　　　　　　　下
玛丽娜	里奥宁动手太慢了。
	他就该直接杀了我，不该说话。
	海盗也不够凶残，他们就该把我扔下船，
	让我去寻母亲。
鸨母	美妞，你哭什么？
玛丽娜	哭我长得美。
鸨母	行了，给你这副模样天神可是尽力了。
玛丽娜	我不怨天神。
鸨母	你落到我手里了，你可以活下去。
玛丽娜	这才是我的错，
	我不该从想杀我那人手里逃出来。
鸨母	哎，你会过得很享受。
玛丽娜	不。
鸨母	真的可以享受，你可以尝到各种不一样的男人。有好吃好喝，各色各样的汉子都能见识。怎么，你捂什么耳朵？
玛丽娜	你还是女人么？
鸨母	我要不是女人，你说我还能是什么？
玛丽娜	要么当个正派女人，要么就别当女人。
鸨母	老天啊，要教训这小雏儿！我看我得收拾你一顿。你是根蠢头蠢脑的小树枝，我得把你弯过来。
玛丽娜	天神保佑！

鸨母	要是天神愿意让男人来保护你，男人就会安慰你，满足你，哄逗你。

勃特上

	勃特回来了。怎么样，你在市场叫卖宣传她了么？
勃特	我简直把她长着几根头发都要嚷出来了。[1] 我把她的长相细细讲了一遍。
鸨母	那你就跟我说说，那些人听了有什么反应，尤其那些年轻的？
勃特	他们听得那个专心，真像听他们老子的遗嘱一样。有个西班牙人的口水都流出来了，[2] 光听我讲着就把持不住了。
鸨母	他明天就会来咱们这儿，穿着他那件最好的皱领。[3]
勃特	今晚就来，今晚！不过，老板娘，你知道那个弯腿的法国骑士么？[4]
鸨母	是不是维乐尔[5]先生？
勃特	就是他。他一边听一边想来个凌空拍脚，结果疼得直哼哼，他发誓明天来看她。
鸨母	好啊，好。他呀，早就染上病了，来这儿不过是再添点儿。我知道他会进咱门里，晃着光头撒金币。
勃特	要是每个国家都来一个客人，就用这块招牌把他们揽到

---

1 我简直把她长着几根头发都要嚷出来了（I have cried her almost to the number of her hairs）：此句原文既可理解为描述详细到包括头发数量的程度，也可理解为反复描述了像头发根数那么多的次数。

2 有个西班牙人的口水都流出来了（There was a Spaniard's mouth watered）：梅毒曾被称作"西班牙水痘"（the Spanish pox）。

3 穿着他那件最好的皱领（with his best ruff on）：此处或有性暗示，穿皱领或代表道德败坏。

4 你知道那个弯腿的法国骑士么（do you know the French knight, that cowers i'th'hams）：梅毒也曾被称作"法国水痘"（the French pox）。

5 维乐尔（Veroles）：法语中 vérole 意为"梅毒"。

咱这儿来。

鸨母	（对玛丽娜）请你过来一下。你交上好运了。听着，你尽管满心乐意，也要做出一副害怕的样子，他们大把给钱的时候，你要装作不在乎。为你自己的遭遇哭一把，就会让客人同情。他们一同情，你就会挣得个好名声，有好名声就能挣着钱啦。
玛丽娜	我不懂您在说什么。
勃特	哎呀，跟她直说，老板娘，跟她直说！看她满脸通红，必须马上历练历练才能压下这红晕。
鸨母	你说的有道理，真是这样。新娘子第一次都会害臊，尽管她做那事是合法的。
勃特	说真的，有的害臊，有的不害臊。不过，老板娘，把这块肉买进来我可出过力——
鸨母	你想从烤炉上切一块尝尝？
勃特	我是这么想。
鸨母	谁能不让你尝？—— （对玛丽娜）过来，小姐，我真喜欢您这衣服样式。
勃特	说真的，她的衣服现在别换。
鸨母	勃特，钱你拿到镇上去花吧。（给钱）去说说咱这儿来了个什么人，多拉客人来，你挣得少不了。老天造出这么个丫头，就是为给你好处的，你就去把她说成天下第一大美人，好好吹一通，你自己能捞着好处。
勃特	老板娘，我保证，我去把这美妞吹一顿，那帮色鬼肯定蠢蠢欲动，比打雷声从河泥里震出鳗鱼来还灵呢。今晚我就带几个回来。　　　　　　　　　　　　　　　　下
鸨母	（对玛丽娜）过来，跟我走。

玛丽娜	只要火有热度，匕首有刀锋，海水能没顶，
	我立志保住贞操，
	狄安娜啊，请助我！
鸨母	狄安娜和咱们有什么关系？我说你能不能跟我们一块
	走？　　　　　　　　　　　　　　　　　　　同下

第三场　　/　　第十七景

塔索斯

克里翁与狄奥妮莎上

狄奥妮莎	您傻么？怎么可能挽回？
克里翁	狄奥妮莎呀，天上日月，
	从没见过这样恶毒的谋杀。
狄奥妮莎	您像是又变成小孩了。
克里翁	就算我是统治全世界的君主，
	我也愿放弃王位，把这件事挽回。那公主啊，
	她的美德比出身还高贵，
	虽然公正地说，她的出身
	不逊于世上任何王者。
	恶人里奥宁，也被你毒杀了。
	你若只是举杯向他祝酒，
	那种善意才和你面容相配。
	高贵的佩力克里斯来找孩子时，你可怎么说呢？

狄奥妮莎	就说她死了。乳母又不是命运之神，
	只能喂养孩子，又不能保她性命。
	我就说，她是夜里死的——谁又能反驳？
	除非您背叛我，假装善人，
	为赚取好名声，哭哭喊喊，
	说"她是被害死的"。
克里翁	行了！罢了，罢了，
	天底下诸般罪行，
	这一桩是天神最恨的。
狄奥妮莎	您就相信塔索斯会飞出一只小鸟，
	到泰尔去给佩力克里斯报信吧。
	想想您出身这么高贵，
	胆子却那么小，
	真替您害臊。
克里翁	只要认可了这桩凶杀，
	哪怕不是主谋，
	也就走上了邪路，
	配不上高贵出身了。
狄奥妮莎	那就这样好了。
	不过里奥宁不在了，
	她的死因只您知道，不能再告诉别人。
	她使我的孩子相形见绌，挡着她的好运。
	人人都盯着玛丽娜的脸庞，不愿看她。
	咱们的女儿遭人嘲笑，被看成灶下婢一般，
	都不屑于上前问安。
	我心都伤透了。

　　　　　　　您说我行事惨无人道，

　　　　　　　是因为您不够爱自己的孩子。

　　　　　　　我认为这是出于母爱，

　　　　　　　为您的独女做了件好事。

克里翁　　　苍天恕罪啊！

狄奥妮莎　　至于佩力克里斯，他能说什么？

　　　　　　　咱们在她棺前落泪，久久哀悼。

　　　　　　　她的墓碑马上做好，

　　　　　　　铭文用亮闪闪的金字写成，

　　　　　　　写上众人对她的称赞，

　　　　　　　还说我们对她关怀备至，出资立碑。

克里翁　　　你真是怪物哈比¹，

　　　　　　　一脸天使般的圣洁，

　　　　　　　却伸出魔爪来害人。

狄奥妮莎　　你就像那些大惊小怪的迷信之人，

　　　　　　　冬天冻死了苍蝇，都会向天神唧哝抱怨。

　　　　　　　但我知道，您会照我说的做。　　　　　　同下

1　哈比（harpy）：神话中生有女人的面容和身躯、禽类的翅膀和爪子的怪物。

致辞二 / 第十八景

高尔上

高尔　　弹指经年，万里跬步，
　　　　扁舟一叶浪中渡。
　　　　驰骋想象随吾去，
　　　　一念飞跃诸国土。
　　　　还请诸君莫责怪，
　　　　剧情辗转异邦，
　　　　各地语言却相同。
　　　　幕间转场处，我来说分明，
　　　　君便知，何时何地事发生。
　　　　佩力登程赴重洋，
　　　　文武群臣俱同行，
　　　　欲见亲生女，一生欢乐在其中。
　　　　赫力堪纳斯年迈亦随同。
　　　　谁理国中事？
　　　　埃斯卡涅斯老臣君记否？
　　　　赫力识其才，适时乃擢升。
　　　　潮平船顺，风劲帆扬，
　　　　愿君神驰随远航。
　　　　君王前往塔索斯，一心迎女返家乡，
　　　　不知其人已他往，
　　　　杳如微粒漂如幻，船行海波上，
　　　　我立这厢来解说，且看戏开场。

哑剧

佩力克里斯自一门与扈从上，克里翁与狄奥妮莎自另一门上。克里翁将坟墓指给佩力克里斯看，佩力克里斯哀悼，披麻衣，大恸而去。

克里翁与狄奥妮莎下

高尔　　　　且看虚伪之举如何欺骗信任之情，

伤痛哀哀，原是假惺惺。

佩力哀号彻肺腑，

泪雨滂沱苦伶仃。

伤心辞别塔索斯，佩力又航行。

誓不理须与净面，

身着麻衣，悲浪裂心胸，

骨肉之躯强支撑。

玛丽娜坟墓君请看，

恶妇狄奥妮莎撰碑铭：

（念）

"长眠之人最美善，

妙如春日正盈盈。

她本泰尔王室女，

不幸夭折在韶龄。

芳名玛丽娜，生于海浪间，

彼时海洋甚骄傲，

浪高越界吞堤岸。

陆地唯恐失全境，

献此海婴归上天。

大海兴怒浪，

誓不停息拍岸岩。"

软语甜言尽谄媚，

恰是黑心恶意遮真面。

佩力坚信女儿死，

命运任由天摆布。

转说少女落风尘，

吾剧搬演其哀苦。

请君静心观，

试想米蒂利尼在眼前。 下

第四场 / 第十九景

米蒂利尼

二绅士自妓院出，上

绅士甲 这样的言谈你可曾听过？

绅士乙 不曾。她如果不在，这种地方再不会有人这样说话。

绅士甲 在这里宣讲神圣之道——这等事情你可曾梦到？

绅士乙 没有，从来没有。好了，我可再不想进青楼妓馆了，咱们去听圣歌如何？

绅士甲 如今我愿处处洁身自守，再不想寻花问柳。 同下

第五场 / 景同前

米蒂利尼

妓院老板、鸨母与勃特上

妓院老板 我宁愿赔上她两倍的身价,但愿她当初没上咱这儿来。

鸨母 这个贱人太可恨,她冷冻了普里阿普斯[1],让人断子绝孙!咱要么让人强奸了她,要么把她弄走。客人进门,她不按咱这行的套路去伺候,反倒推三阻四,说东讲西,又谈大道理,又求情下跪,要是魔鬼来向她讨个吻,也会被她给感化成清教徒。

勃特 说真的,我必须强暴了她,不然咱的老主顾都得让她赶走,流氓都让她教成圣人了。

妓院老板 我就恨她那冷冰冰的贫血病[2]。

鸨母 就是,要治她只有给她点梅毒——那边是拉西马卡斯大人来了,他穿着便装。

勃特 要是那个小贱人能应承客人,咱这儿一准贵人贱人络绎不绝。

拉西马卡斯上

拉西马卡斯 怎么样,来一打处女要多少钱?

鸨母 愿天神保佑大人!

勃特 很高兴大人身体健康。

拉西马卡斯 你是要高兴。顾客都结结实实站着,你们才捞得到好处。

---

1 普里阿普斯(Priapus):生育力和淫欲之神。

2 贫血病(greensickness):即萎黄病(chlorosis),此处用来比喻女性对性的神经质恐惧。

怎么样？你们这儿的娼妇有没有干净的，让她伺候过了不用找医生的？

鸨母 我们有一个，大人，要是她愿意——不过米蒂利尼还没有过她这样的。

拉西马卡斯 你是说她不肯干那暗处的勾当？

鸨母 大人您知道这话该怎么说才好。

拉西马卡斯 好，带上来，带上来。 妓院老板下

勃特 大人，这姑娘红是红，白是白，您看看真是一朵玫瑰花啊，她就是还欠——

拉西马卡斯 什么，请说？

勃特 哎，大人，我也是挺矜持的。

拉西马卡斯 鸨儿有个矜持的好名声，等于说什么人都能立贞节牌坊。

妓院老板带玛丽娜上

鸨母 瞧这树枝上的一朵花——还没人掐过呢，我可以保证。她不是个美人么？

拉西马卡斯 是啊。在海上航行那么久，有她就可以满足了。赏给你的。（给钱）下去吧。

鸨母 大人，你容我说句话。我马上就走。

拉西马卡斯 你说吧。

鸨母 （对玛丽娜）我先要提醒你，这是个尊贵的客人。

玛丽娜 我希望能看出来他尊贵，好让我尊敬他。

鸨母 再者说，他是这个地方的总督，我还要仰仗他呢。

玛丽娜 他要是总督，您当然得听他的。但他是不是个好总督，我可不知道。

鸨母 求求你别再绕弯子了，好好伺候他行不行？他能把你

裙子里塞满金子。[1]

玛丽娜	他要是堂堂正正给我恩惠，我会满心感激接受的。
拉西马卡斯	说完没有？
鸨母	大人，她还没驯熟，您要她听您使唤还得费点劲。—— （对勃特和妓院老板）好了，咱留大人跟她在这儿。你们 快走啊。

鸨母、勃特与妓院老板下

拉西马卡斯	美女，你这样干多久了？
玛丽娜	干什么，大人？
拉西马卡斯	我要说出来就冒犯了。
玛丽娜	我不会被自己的行为冒犯。请您说出来。
拉西马卡斯	你干这个营生有多久了？
玛丽娜	从记事起。
拉西马卡斯	你那么早就开始干了？从五岁或者七岁开始的吗？
玛丽娜	如果我现在算是在干什么，那就从更早开始。
拉西马卡斯	可你待在这种地方，就是出卖色相的呀。
玛丽娜	您很清楚这里是欢场，可还是进来了？我听说您为人尊 贵，是这个地方的总督。
拉西马卡斯	怎么，你的老板告诉你我是谁了？
玛丽娜	谁是我的老板？
拉西马卡斯	当然是你们那老鸨，那个播种浇灌淫邪之欲的女人。哦， 你听说我有些权势，就故作冷淡挑动我！我可是告诉你， 美女，我的权力不管你做的这些事，还会好好待你。带 我去里间。来吧。

---

1 他能把你裙子里塞满金子（He will line your apron with gold）：此句既指接待此客人可获得丰
 厚的金钱酬报，又暗示会给玛丽娜带来性事上的满足。

玛丽娜	您若生来尊贵，请现在展现出来，若是 被选举登上高位，请证明选择您 是明智的。
拉西马卡斯	这是怎么回事？接着说，好好说。
玛丽娜	我自己 本为良家女，运蹇入青楼。 此为买笑处，人来寻病由， 恶病贵于药， 此间高价售。 吾今泥涂成困囚， 愿神化我为燕雀， 径随清风向自由。
拉西马卡斯	我没想到你有这番谈吐， 从不曾想到。 纵使我来时心怀龌龊， 听你一言也会幡然悔悟。这些金子给你。（给金子） 愿你洁身自好， 愿天神帮助你！
玛丽娜	愿善良的神保佑您。
拉西马卡斯	请相信，我来此处并非满心邪念， 我看这里门窗都散出恶臭。 再会，你是个纯洁高尚的人， 我确信， 你受过高贵的教育。 再给你些金子。（给金子） 谁要是毁了你的品行， 我咒他

像盗贼一样不得好死。

勃特上

勃特　　　大人，也赏我一块？

拉西马卡斯　去，拉皮条的恶棍！

要不是这位纯洁的姑娘支撑着，

你们这房子早就倒下来压死你了。走开！　　　　　下

勃特　　　这怎么回事儿？我们必须换个法子对付你了！你那愚蠢
的贞操，还不够在乡下屋子外头吃一顿最贱的早饭呢，
要是由着它毁了我们整个生意，就把我阉成个哈巴狗。
你过来。

玛丽娜　　你想要我干什么？

勃特　　　我必须要你破身，不然就让刽子手砍了你。[1] 你过来，不
能再让绅士们被赶走了。我说你过来。

鸨母和妓院老板上

鸨母　　　怎么啦，出什么事了？

勃特　　　老板娘，越来越不像话了。她刚才给拉西马卡斯大人讲
了一堆大道理。

鸨母　　　太可恨了！

勃特　　　他说咱们这行是亵渎神明的下三滥。

鸨母　　　真该把她吊死！

勃特　　　人家本来要挺大方地跟她做生意，结果她把人家送走了，
走时候跟个雪球似的，还祈祷呢。

鸨母　　　勃特，把她带下去，你去享受一顿。把罩着她贞操的那

1　我必须要你破身……刽子手砍了你（I must have your maidenhead taken off, or the common
　hangman shall execute it）：因 maidenhead（处女童贞）一词由 maiden（姑娘）和 head（头
　颅）构成，所以联想到刽子手砍头。

层玻璃碾碎，然后她就听话了。

勃特	她这块地上就算长再多的荆刺，也要犁她一遍。
玛丽娜	天神救我！
鸨母	她还装神弄鬼的！把她带走，情愿她压根儿就没来过我这房子。老天！她天生就是来拆台的。您就不能当个女人么？天哪，这盘拌了迷迭香和月桂的贞节菜！

鸨母和妓院老板下

勃特	姑娘，跟我走。
玛丽娜	你要让我干什么？
勃特	把你看重的宝贝摘下来。
玛丽娜	求你先告诉我一件事。
勃特	快说，什么事？
玛丽娜	你要是有敌人，你想他是什么样？
勃特	我想他是我老板那样，尤其是老板娘那样。
玛丽娜	他两个都不如你自己糟糕，
	那两个还能使唤你。
	可你自己，地狱里最惨的魔鬼
	也不愿意把名声跟你交换。
	随便一个恶棍来找娼妇，
	你就给拉皮条。
	哪个流氓发脾气，
	你耳朵上都要挨一下子，
	你吃的简直是从痨肺里吐的脏东西。
勃特	那你让我去干什么？让我上战场？当七年兵，丢一条腿，到头来拿到手的钱还不够买条木腿的呢。
玛丽娜	只要别干你这行，干什么都行。
	倒垃圾，掏阴沟，

给刽子手打下手——
什么都比你现在干的强。
你这行当，如果狒狒能说话，
都嫌丢脸不愿意干。
但愿神能救我安全脱身！
给你金子。（给金子）如果你老板想靠我挣钱，
告诉他们我会唱歌跳舞、织布绣花，
我还有其他本事，就先不吹嘘了，
这些我都可以教人。
城里人口多，我相信
会有很多学生。

勃特　　你说的那些你真能教么？

玛丽娜　我要是教不了，就把我带回来，
交给你们这儿最低贱的流氓无赖，
由他蹂躏好了。

勃特　　好，我想想能帮你做些什么。我试试找个地方安顿你。

玛丽娜　是要和正派女人在一起。

勃特　　老实说，正派人里我没什么熟人。不过既然我老板和老
板娘把你买下，得他们同意才行。我去把您这意思跟他
们说说，我相信他们那儿好商量。来，我去看看能怎么
帮你。走吧。　　　　　　　　　　　　　　　　同下

第五幕

高尔上

高尔　　　玛丽娜已离青楼，

正派宅邸寻安身。

其歌堪入神仙流，

其舞飘逸也出尘。

才惊饱学士，针刺花鸟春，

绣成花果枝头雀，浑然竟如真。

丝描玫瑰发新蕾，

线绘樱桃色正醇。

贵妇争学艺，不惜付金银，

尽归老鸨大恶人。

且离玛丽娜，

再述其父王。

我留其人在海上，

佩力乘风正破浪。

船过其女居住地，

欲泊此处逢年祭。

摆宴祝海神，拉西马卡斯正凝睇，

遥见泰尔船头旗，

黑旗镶边极富丽，

急登快艇探其意。

请君想象您眼前，
舞台此刻如行船，
佩力怀愁卧船上，
详情君可细细看。

下

第一场 / 第二十一景

米蒂利尼海岸近旁

赫力堪纳斯上，一泰尔水手、一米蒂利尼水手向其走来

泰尔水手　　（对米蒂利尼水手）

赫力堪纳斯大人在哪儿？他能告诉你——

哎，他来了。——

（对赫力堪纳斯）大人，米蒂利尼方向来了个快艇，

总督拉西马卡斯在艇上，

他要求上船，大人何意？

赫力堪纳斯　　请他上来。传几位随员过来。

泰尔水手　　各位随员，赫力堪纳斯大人有请！

二三泰尔绅士上

绅士甲　　大人唤我们？

赫力堪纳斯　　各位，有贵人来访。

请以礼相迎。

拉西马卡斯与一大臣上

米蒂利尼水手　　（对拉西马卡斯）大人，

	您有什么问题
	这一位都可以回答。
拉西马卡斯	有礼了，可敬的大人。天神保佑您。
赫力堪纳斯	天神保佑您，愿您寿命超过在下，
	一生受人尊仰。[1]
拉西马卡斯	谢您美意。
	岸上正在举行海神庆典，
	看到这艘华贵的船舰向我们驶来，
	我就过来询问，您从何处来？
赫力堪纳斯	先请问阁下身份？
拉西马卡斯	在下是您泊船之地的总督。
赫力堪纳斯	大人，我们的船从泰尔来，君主正在船中，
	他已整整三个月，
	不开口说话，也不思饮食，
	略进些水米，也只为在哀愁里迁延。
拉西马卡斯	他为何事哀伤？
赫力堪纳斯	说来话长，恐烦尊听，
	主要的原因是
	失掉爱女与爱妻。
拉西马卡斯	我能不能见他？
赫力堪纳斯	可以，但见也没用。
	他不和任何人讲话。
拉西马卡斯	不过还是满足我这个心愿吧。

1　原文 And die as I would do 若直译应为："在荣誉、景仰中去世"。为符合中国读者习惯，此处
译文略微调整表述方式。——译者附注

赫力堪纳斯	请看，就是他。（揭幕见佩力克里斯）
	原是仪表堂堂的人，
	有一个晚上天降灾难，
	把他变成了这副模样。
拉西马卡斯	（对佩力克里斯）陛下，有礼了，愿天神保佑您。
	尊贵的王上，这厢有礼了。
赫力堪纳斯	没有用，他不会跟您说话的。
大臣	大人，我们米蒂利尼有个姑娘，
	我打赌那姑娘能引他说话。
拉西马卡斯	好主意。
	她的歌声很美妙，
	还有别的特长，
	一定能打动国王，
	把他体内
	阻塞麻木的地方打通。
	她最是美貌，又具备诸般才艺，
	现在正和女伴在岸旁
	一片树荫下。 　　　　　　　　　　　　　大臣下
赫力堪纳斯	虽然尽皆无效，我们仍要遍寻医方。
	既蒙大人厚意，
	我们冒昧请求，
	以金子购置些补给。
	船中虽然饮食充足，
	但日久嫌其单调。
拉西马卡斯	大人，我们若是不愿尽这地主之谊，
	公正的天神就要让
	每株接种的作物长出虫子，

	在我们境内降一场饥荒。
	但请您再详细讲讲
	贵王为何如此哀伤。
赫力堪纳斯	大人，我给您讲一讲——

大臣携玛丽娜及其女伴上

	不过看来现在不行。
拉西马卡斯	这就是我请来的那位小姐！——
	欢迎，美丽的姑娘——这不是天赐的良药么？[1]
赫力堪纳斯	这位姑娘仪表不凡。
拉西马卡斯	她如此超群，我若能知其家世，
	确保她出身良好，
	我必视她为不可多得的佳偶。
	好姑娘，你既有美貌又有美德，
	这里有位生病的国王，
	你那些才艺若能奏效，
	引他开口说些什么，
	凭你这回春妙手，
	所得报酬必不可限量。
玛丽娜	大人，我尽力尝试帮他康复，
	但我要求，
	除我和女伴之外，
	旁人不要到他身边。
拉西马卡斯	我们先退下，
	愿天神助她成功。

1　原文 present，意为"礼物；天赋才能"，指玛丽娜的能力可以治愈佩力克里斯。——原注；
　　有些版本此处为 presence，意为仪表。——译者附注。

（玛丽娜唱歌，除佩力克里斯外众人皆立于远处）

拉西马卡斯　（上前）他注意你的歌声了吗？

玛丽娜　　　没有。对我们看也不看。

拉西马卡斯　（后退）看，她要和他说话了。

玛丽娜　　　给陛下见礼！请陛下听我说句话。

佩力克里斯　哼。（将玛丽娜推开）

玛丽娜　　　我是个姑娘，陛下，
　　　　　　　我从不求吸引众人眼光，
　　　　　　　但总像流星一般被人凝视。
　　　　　　　陛下，若是公平考量，
　　　　　　　在您跟前说话之人的遭际，
　　　　　　　也许和您的命运一样令人哀伤。
　　　　　　　我虽落难，祖上却显赫，
　　　　　　　不逊世上称雄之君王。
　　　　　　　然而命运多舛，
　　　　　　　夺去我出身的荣光，
　　　　　　　如今只得受役于人。——（旁白）我想停住，
　　　　　　　但两腮微热，如有所盼，
　　　　　　　若闻低语，"不要离去，等他开言"。

佩力克里斯　命运——出身——好出身——
　　　　　　　和我一样？不是么？你说什么？

玛丽娜　　　陛下，我方才说，您若知道我的出身，
　　　　　　　您就不会这样粗暴待我。

佩力克里斯　我相信。请你抬头看着我。
　　　　　　　你很像——是哪国女子？
　　　　　　　是此岸出生的？

玛丽娜　　　不在这儿，也不是别的海岸。

　　　　　　　不过我生来是凡人，
　　　　　　　就是您眼前这模样。

佩力克里斯　　我满怀愁绪，几欲啼哭。
　　　　　　　爱妻当年，音容全相似，
　　　　　　　吾女生时，料想也这般。
　　　　　　　天庭高广如王后，身量体态亦无殊，
　　　　　　　身姿挺拔如杨柳，音似银铃目似珠，
　　　　　　　睫如匣上流苏缀，行如朱诺[1]神仙步，
　　　　　　　言如美食听不足。
　　　　　　　请问姑娘居何处？

玛丽娜　　　　我是住在此地的异乡人，
　　　　　　　从您的甲板能望见我住处。

佩力克里斯　　你在何处长大？
　　　　　　　怎么学得诸般技艺？
　　　　　　　这些才艺都因你而增光。

玛丽娜　　　　我若讲说身世，
　　　　　　　人必疑我满口谎话。

佩力克里斯　　请讲出来。你必不说谎。
　　　　　　　你像纯洁的正义女神[2]，
　　　　　　　你宛如一座宫殿，
　　　　　　　头戴金冠的真理住在里面，
　　　　　　　即使你讲出难以置信的故事，
　　　　　　　我也会相信，我会全让自己的感官相信，

1　朱诺（Juno）：罗马神话中朱庇特之妻，以仪态优美著称。
2　你像纯洁的正义女神（Modest as justice）：此处喻指玛丽娜如同保持童贞之身的正义女神阿斯特赖亚（Astraea）。

因为你长得像我深爱过的一个人。

你家里有什么人？

我刚见你时把你推开——

那时你不是说，你出身很好？

玛丽娜　　我确实说过。

佩力克里斯　说说你的父母。

我记得你说自己经历坎坷，

还说如果你我讲出各自的不幸，

你的遭遇能和我受的苦相等。

玛丽娜　　我说过这样的话。

我这样说，也真的

这样认为。

佩力克里斯　说说你的经历。

你的遭遇若抵得上我苦痛的千分之一，

你就是个男子汉，

而我在痛苦面前像个柔弱姑娘。

可你真像一尊忍耐的雕像[1]，

凝视着帝王的坟墓，默然笑对苦难。

你家有何人？如何失去亲人？

叫什么名字，亲爱的姑娘？

请你细细说来。来，坐在我身边。

玛丽娜　　我名叫玛丽娜。（坐）

佩力克里斯　啊，简直在嘲弄我，

你是被愤怒的天神送来

让世人笑我的！

1　忍耐的雕像（Patience）：指坟墓前的"忍耐"塑像。

玛丽娜	请静心忍耐， 仁慈的陛下，要么我就此停住了。
佩力克里斯	行，我会忍耐。 你哪里知道你报出玛丽娜的名字， 让我吃了多大一惊。
玛丽娜	给我取这名字的人， 当年权高位重—— 是我父亲，他是位君王。
佩力克里斯	怎么！君王之女？ 名叫玛丽娜？
玛丽娜	您说要相信我， 但为了不令您烦恼， 我就此不说了。
佩力克里斯	可你是血肉之躯么？ 你的脉搏在跳么？不是个仙子吧？ 能动么？好，继续说。你在何处出生？ 为何名叫玛丽娜？
玛丽娜	名叫玛丽娜， 因为我生于海上。
佩力克里斯	海上？母亲是何人？
玛丽娜	我母亲是国王之女， 在我出生时殒命， 我的一位好乳母利科丽达 常常哭着向我讲述。
佩力克里斯	啊，等一等！ 这是昏昏睡眠中最离奇的梦境， 用来嘲弄伤心的愚人。

	我女儿已埋入坟墓，不会是她。
	你在何处长大？我要再听你说，
	把你的身世听完，我不再打断。
玛丽娜	您会嘲笑。相信我，还是别说的好。
佩力克里斯	我会相信你说的每一个字
	请容我问问——
	你怎会到这里来？你在何处长大？
玛丽娜	我王父留我在塔索斯，
	冷酷的克里翁和他恶毒的妻子，
	二人说动一个恶人，设计谋杀我。
	凶手方才拔刀，
	一伙海盗到来，将我救下
	掳我来到米蒂利尼。
	陛下的问题是何意？您为何哭泣？
	您以为我假冒这个身份？不，我的的确确
	是佩力克里斯王的女儿，
	如果那贤王佩力克里斯还在世。
佩力克里斯	（高声喊）嗨，赫力堪纳斯！
赫力堪纳斯	（赫力堪纳斯、拉西马卡斯及众侍从上前）主上在喊我？
佩力克里斯	你为大臣德高威重，素有睿智，
	你能不能告诉我，
	这位姑娘是谁，或者她可能是谁，
	她让我泪流不止。
赫力堪纳斯	我不知道。
	但是米蒂利尼总督在此，
	对她称赞有加。
拉西马卡斯	她从不说自己的身世，

每当有人问起，

她便长坐悲泣。

佩力克里斯 赫力堪纳斯啊，打我！——（对拉西马卡斯）尊贵的大人，

让我受伤！快给我一点疼痛，

免得眼前快乐来得像大海，

朝我汹涌而来，冲破我生命的堤岸，

用欢乐淹没我。——（对玛丽娜）啊，来呀，

那给你生命的人，你又给了他生命，

你生于海上，葬于塔索斯，

又在海上找到你！哦，赫力堪纳斯，

你来跪下，用天雷震地那样的声音

感谢上天诸神——这就是玛丽娜！

你母亲的名字是什么？只消再告诉我，

疑心已经停歇，

真相却要一再证实。

玛丽娜 先要请问陛下的尊号？

佩力克里斯 我是泰尔之王佩力克里斯。

请说出我那沉入海中的王后叫何名字，

你讲的其他事情一丝不差，你是两个王国的继承人，

也是你父亲佩力克里斯的第二生命。

玛丽娜 只要说出我母亲名字是泰莎，

就能做您的女儿么？

泰莎是我的母亲，

我出生那一刻她便殒命。

佩力克里斯 祝福你！起来，你是我的孩子。（玛丽娜起身）——

（对众侍从）给我取新衣袍来。——

我的孩子啊，赫力堪纳斯！

　　　　　　她没有死在塔索斯，没被残酷的克里翁害死。

　　　　　　她会把一切讲给你，

　　　　　　然后你就会跪下确认她是你的公主。

　　　　　　这位是谁？

赫力堪纳斯　　主上，他是米蒂利尼总督，

　　　　　　他听说您郁郁不欢，

　　　　　　特来探望。

佩力克里斯　　（对拉西马卡斯）我拥抱您。——

　　　　　　（对众侍从）拿袍子来。我被眼前的事惊得神智迷乱了。

　　　　　　上天啊，保佑我的女儿！听，这是什么音乐？

　　　　　　我的玛丽娜，告诉赫力堪纳斯，

　　　　　　原原本本告诉他，因为他好像还不确信

　　　　　　你是我女儿。这是什么音乐？

赫力堪纳斯　　主上，我没听到什么。

佩力克里斯　　没有？

　　　　　　是星辰运行之乐音！听，我的玛丽娜。

拉西马卡斯　　最好不要反驳他，顺着他说。

佩力克里斯　　难得听闻的音乐，阁下没听到么？

拉西马卡斯　　陛下说音乐？我听到了。

佩力克里斯　　天上的仙乐啊。

　　　　　　我听得欲罢不能，浓浓的倦意

　　　　　　爬上了双眼。我要歇息。（入睡）

拉西马卡斯　　（对众侍从）给他头下放个枕头。那我们都下去吧。

　　　　　　各位朋友，

　　　　　　如果我期待的得到了证实，

　　　　　　　　我会好好记得各位。[1]（除佩力克里斯外众人退后）

狄安娜上

狄安娜　　　吾庙今在以弗所，

　　　　　　　速来神坛祭神主。

　　　　　　　贞女祭司聚集处，

　　　　　　　命汝讲述当年苦。

　　　　　　　详说汝妻丧海上，

　　　　　　　再叙父女之遭遇。

　　　　　　　此去须高声，细细诉实情，

　　　　　　　若不依我令，余生尽伤痛。

　　　　　　　遵令必然得福祉，凭我新月如银弓。

　　　　　　　醒去向人说此梦。　　　　　　　狄安娜下

佩力克里斯　神圣的狄安娜神，银色的女神啊。

　　　　　　　我遵从你的旨意。——赫力堪纳斯！

　　　　　　　（赫力堪纳斯、拉西马卡斯与玛丽娜上前）

赫力堪纳斯　主上。

佩力克里斯　我本要去塔索斯，惩罚不义的克里翁。

　　　　　　　但有另外一事须得先做。

　　　　　　　我们扬帆驶向以弗所。

　　　　　　　我将即刻说出原因。

　　　　　　　（对拉西马卡斯）大人，我们可否

　　　　　　　到您岸上稍事休整？

　　　　　　　我想用金子采购些物品。

1　我会好好记得各位（I'll well remember you）：此处既有记住的意思，也有好好慷慨酬谢的意
　　思。——原注；拉西马卡斯期待的事，指玛丽娜是公主出身，因而适合做他的妻子。——译
　　者附注

拉西马卡斯	陛下，竭诚欢迎。
	您上岸后我还有一事相求。
佩力克里斯	我一定应允，即使求娶我的女儿也无不可。
	看来您曾经对她十分照拂。
拉西马卡斯	大王，让我搀扶您。
佩力克里斯	来呀，我的玛丽娜。 众人下

致辞二 / 第二十二景

高尔上

高尔　　听沙漏，

几欲阑珊归空寂。

请君最后助我，

再施善意。

诸位看官动心神，

观想总督迎佩力。

米蒂利尼诸乐事，

欢典、盛宴与声伎，

喧声乐语动天地。

总督喜得王允诺，

将与佳人结连理。

却须先遵月神命，

佩力庙前亲献祭。

众人即往女神庙，海路几程不需记。
水上扬风帆，船行如飞翼，
此中诸事顺，尽如人期冀。
王到以弗所，
引众瞻神寺，
若非看官勤想象，
焉能千里如咫尺。 下

第二场 / 第二十三景

以弗所

佩力克里斯、玛丽娜、拉西马卡斯与赫力堪纳斯及侍从上，泰莎、赛利蒙及众
狄安娜神庙祭司同上

佩力克里斯 狄安娜女神在上！我今谨遵神命，
来此宣告，我本泰尔之君王，
当年避祸走他乡。
潘塔波利斯得美眷，遂与泰莎结鸾凰。
海上产女玛丽娜，我妻身死葬重洋。
女儿至今犹处子，追随月神着素妆。
寄留孤女塔索斯，养育托付克里翁，
年及十四遭谋害，克里翁雇凶丧天良。
好运携之到异地，米蒂利尼海岛上。
我船过此岸，冥冥有上苍，

恰恰召此女，登舟将我访。

闻女忆往事，确确无参商，

乃认亲生女，明珠还掌上。

泰莎　　　　声音容貌俱相像，

定是，定是吾王佩力克里斯！（晕倒）

佩力克里斯　那修女怎么回事？她昏死过去了——各位快救人！

赛利蒙　　　尊敬的大人，如果您在月神祭坛所言不虚，

这位便是尊夫人。

佩力克里斯　这位容颜可敬的先生，这不可能。

我曾用自己双手将妻子沉入海底。

赛利蒙　　　我敢说，是在这里海岸附近。

佩力克里斯　一点不错。

赛利蒙　　　好好照顾夫人，她只是喜悦过度。

在一个狂风骇浪的清晨，

夫人被抛上海岸，我打开棺木。

发现大量珠宝，救起夫人，

将她安置在月神庙中。

佩力克里斯　可以看看么？

赛利蒙　　　陛下，请到我家，取出呈您过目。

看啊，泰莎苏醒了。

泰莎　　　　（起身）啊，让我看看！

他若不是我夫君，我定不再动凡心，

纵见眼前人相像，

必制心念不染尘。

啊，您不是佩力克里斯么？

言谈举止无一不相像。

您刚提到暴风雨、分娩、死亡？

佩力克里斯	已逝的泰莎的声音。
泰莎	我就是泰莎， 人以为我死了，长眠在海底。
佩力克里斯	不朽的狄安娜神！
泰莎	现在我更加确认是您。 我们洒泪离开潘塔波利斯时， 父王赠您这样一枚戒指。（指其戒指）
佩力克里斯	是它，是它！足够了，天神啊，您今日的善意， 使我多年遭遇犹如游戏！ 让我一吻她双唇，就融化消失， 天神便是恩赏我了。 来啊，再一次埋葬在我怀中。（拥抱泰莎）
玛丽娜	（跪地）我心中猛跳， 直欲扑入母亲怀抱。
佩力克里斯	看这跪的是何人？是你亲生骨肉，泰莎， 你航行时身上所怀的重负，名叫玛丽娜， 因生在海上取了这个名字。
泰莎	上天保佑你，我亲生的孩子。（母女拥抱）
赫力堪纳斯	给您见礼，我的王后。
泰莎	我不认得您。
佩力克里斯	我曾对您说，我逃离泰尔时， 留下一位老臣代理朝政。 您可记得我称他何名？ 此人我曾频频说起。
泰莎	那是赫力堪纳斯了。
佩力克里斯	又是一个验证。 亲爱的泰莎，拥抱他啊，就是这位。（二人拥抱）

我急着知道你如何被人发现，
怎样被救活。这样天大的奇迹，
除了敬谢天神，我还该谢哪些恩人？

泰莎 　夫君，要谢赛利蒙大人。
天神借他之手施展神力，
他能向你讲述原委。

佩力克里斯 　（对赛利蒙）可敬的先生，
代行神旨的凡人之中，
没人比先生更像一位神明。
可否请您讲述，王后如何死而复生？

赛利蒙 　好的，陛下。
请先随我到舍下，
查看和她一起发现的全部物品，
了解她如何在神庙安身，
凡您要知道的，都不会遗漏。

佩力克里斯 　纯洁的狄安娜女神，
我拜谢你的神兆，
要夜夜向你祭祷。
泰莎，这位公子是女儿的未婚佳婿。
他们要在潘塔波利斯举行婚礼。
我须发蓬乱，有碍观瞻，
着实需要修剪。
十四年未动剃刀，
为出席你的婚礼，要好好修饰一番。

泰莎 　赛利蒙大人收到可靠消息，
夫君，我父王已经去世。

佩力克里斯 　愿上天化他为星辰！我的王后，

我们仍要前去为他们举行婚礼，
你我二人也将终老于斯。
让我们的女儿女婿治理泰尔。
赛利蒙大人，未完的故事等您讲述，
我已焦急难耐，请前面引路。　　　　　　　众人下

收场白

高尔上

高尔　　君知安提奥克斯，
　　　　　与亲女，行淫乱，已遭天谴。
　　　　　再说佩力克里斯，饱经患难，
　　　　　其妻其女，灾祸连连。
　　　　　然美德昭昭，不惧风波变乱。
　　　　　天亦助之，终得欢乐圆满。
　　　　　君看赫力堪纳斯，有诚有信，
　　　　　忠心堪为典范。
　　　　　赛利蒙君，实可尊敬，
　　　　　饱学仁德士，便似这般。
　　　　　克里翁夫妇皆罪恶，
　　　　　负义之行，城内有传言。
　　　　　人皆敬重佩力王，闻此罪行怒涛天，
　　　　　烧其全家于宫殿。
　　　　　应是上苍诸神，意欲如此惩凶犯，
　　　　　不因杀业未造，因其杀心已现。
　　　　　谢您耐心观瞧，剧已演完。
　　　　　祝您诸事如意，欢乐无边。

下